Marc Dugain

Die Offizierskammer

Marc Dugain

Die Offizierskammer

Roman

Aus dem Französischen
von
Marianne Schönbach

Edition Postskriptum
zu Klampen Verlag

Originaltitel: La Chambre des officiers.
Éditions Jean-Claude Lattès, 1998

*Verlag und Übersetzerin danken Frau Marlies Tilsen
für die freundliche Überprüfung
der medizinisch relevanten Textstellen*

Mit freundlicher Unterstützung der
Kulturabteilung der französischen Botschaft in Berlin.

Avec le soutien du
Service culturel de l'Ambassade de France à Berlin

Erste Auflage 2000

Tel. 0 41 31 - 73 30 30 · Fax 0 41 31 - 73 30 33
Druck: Clausen & Bosse, Leck
Umschlag: Groothuis & Consorten, Hamburg

Die Deutsche Bibliothek – CIP-Einheitsaufnahme
Dugain, Marc
Die Offizierskammer / Marc Dugain. Aus dem Franz.
von Marianne Schönbach. - 1. Aufl. -
Lüneburg : zu Klampen, 2000
Einheitssacht.: La Chambre des officiers <dt.>
ISBN 3-933156-50-5

Für Eugène Fournier

Den Krieg von 1914, den habe ich nicht erlebt. Ich meine die schlammigen Schützengräben, die Feuchtigkeit, die bis in die Knochen dringt, die fetten schwarzen Ratten in ihrem Winterfell, die zwischen den unförmigen Abfallhaufen herumwuseln, die Gerüche – eine Mischung aus Knaster und notdürftig verscharrtem Kot –, und das alles überwölbt von einem eintönig metallgrauen Himmel, der sich in regelmäßigen Abständen ergießt, als wolle Gott die einfachen Soldaten auf ewig heimsuchen.

Diesen Krieg jedenfalls, den habe ich nicht erlebt.

Ich verließ mein Heimatdorf in der Dordogne am selben Tag, an dem ich einberufen wurde. Weil ich unnötige Gefühlsausbrüche vermeiden wollte, schlich ich mich am frühen Morgen in aller Stille aus dem Haus. Nur meinen Großvater hatte ich eingeweiht. Ich lud mein Marschgepäck auf den Karren des alten André. Im Rhythmus der schaukelnden Kruppe seiner braunen Stute fuhren wir in Richtung Lalinde. Erst in der Bahnhofseinfahrt fand André ein paar Worte: »Bleib nicht zu lange weg, mein Junge, es wird ein verdammt hartes Jahr. Wenn es mit den Steinpilzen losgeht, brauchen wir dich.«

In Lalinde ließ sich ein Dutzend kleiner schnurrbärtiger Männer, denen der Waffenrock ein festtägliches Aussehen verlieh, von schluchzenden Müttern mit verquollenen Augen umarmen. Als ich dem alten André beim Wegfahren nachschaute, näherte sich mir schüchtern ein pummeliger junger Mann mit Pausbacken und Kulleraugen.

Es war Chabrol aus Clermont-de-Beauregard. Seit Volksschultagen hatte ich ihn nicht mehr gesehen. Er war allein gekommen, ohne Familie, für ihn gab es keine Abschiedsszenen. Ihm war mulmig vor seiner ersten Bahnfahrt, er machte sich Sorgen wegen des häufigen Umsteigens. Zur Beruhigung trank er kleine Schlucke aus einer Feldflasche, die an seinem Gürtel hing. Sie enthielt ein Gebräu aus Zwetschgenschnaps und Monbazillac. Drei Liter hatte er davon im Gepäck. Drei Liter, für drei Wochen Krieg, denn man hatte ihm gesagt, binnen drei Wochen würde man es den Deutschen ordentlich geben. Das dicke Muttersöhnchen setzte sich neben mich und ließ mich nicht mehr aus den Augen.

Der Zug fuhr schnaubend an, zuerst ging es nach Libourne und von da weiter nach Paris. In der Hauptstadt hieß es umsteigen, Richtung Gare de l'est. Der Bahnhof war schwarz von Menschen. Ohrenbetäubender Lärm, Schreie, Weinen, Rufe, das schrille Pfeifen der Lokomotiven. Als wir an die Schranke kamen, die für Zivilisten gesperrt war, zeigte ich Chabrol seinen Zug. Er nahm meine Hand und drückte sie lange und zitternd:

»Na dann auf Wiedersehen, Adrien, und auf bald. Danke für die Begleitung. Vielleicht sehen wir uns an der Front.«

»Wenn nicht an der Front, dann im Dorf, mein lieber Chabrol. Paß auf dich auf. Spiel nicht den Helden.«

»Keine Angst, die Gefahr besteht nicht. Bestimmt nicht!«

Ich winkte ihm ein letztes Mal von weitem zu, bevor er in der Menge der Männer verschwand, die zu den Waggons eilten.

Dann schlängelte ich mich durch das Gewühl nach hinten durch; ich mußte die Ellbogen gebrauchen und des öfteren mein Gepäck befreien, das zwischen einem Vater, der schamhaft seine Rührung zu verbergen suchte und einer Mutter, die zaghaft ihr Taschentuch schwenkte, festklemmte.

Der Schweiß lief zwischen meinen Beinen und der wollenen Hose runter und verursachte Juckreiz. Ich beschloß, für einen Moment innezuhalten, um meiner Schulter, die vom Tragen schmerzte, eine Ruhepause zu gönnen.
Als ich aufblickte, stand eine in Tränen aufgelöste Frau vor mir, die einen in seine Uniform hineingeborgt wirkenden, fragilen jungen Mann an der Hand hielt, der – gegen den Widerstand der nachdrängenden Soldaten – auf dem Trittbrett des Waggons stehenzubleiben versuchte. Ich zog mein Päckchen Tabak aus der Hosentasche. Die Türen des Zuges schlossen sich. Die junge Frau winkte ihrem angehenden Soldaten zu, aber der war schon verschwunden. Da sie direkt vor mir stand, fiel mir nichts Besseres ein, als sie anzusprechen.
»Keine Sorge, in ein paar Wochen ist es vorbei.«
Sie erwiderte nichts.
»Ist er Ihr Mann?«
Zum ersten Mal sah sie mich an. Sie war bezaubernd – und niedergeschlagen.
»Nein, mein Freund.«
Damit sie mich inmitten des Lärms hören konnte, mußte ich schreien:
»Bei welcher Waffengattung ist er denn?«
»Infanterie, wie alle andern auch.«
Und mehr aus Höflichkeit denn aus echtem Interesse fügte sie hinzu:
»Und Sie?«
»Bei den Pionieren. Hätten Sie sich denken können, oder?«
Sie lächelte verhalten. Als sie einen Schritt nach vorn tat, fürchtete ich plötzlich, daß ich sie verlieren würde.
»Ich werde einen Zug später nehmen«, sagte ich vorschnell. »Ich weiß, es gehört sich nicht, aber ich möchte

Sie gerne einladen, etwas mit mir zu trinken. Immerhin haben wir Krieg!«

Etwas unsicher stimmte sie zu.

Mir war, als hätte ich mich in einen Blindenhund verwandelt. Sie schien alle Orientierung verloren zu haben. Wir setzten uns auf die Terrasse eines großen Cafés vor dem Bahnhof, und erst da kam sie allmählich wieder zu sich. Im Geiste sah ich das Gesicht des jungen Soldaten vor mir, mit seinem herabhängenden Schnurrbart und seiner Jacke, die ihm um die mageren Schultern schlotterte. Als ich neben ihr saß und mit ihr auf die von fieberhafter Geschäftigkeit belebte Straße blickte, wagte ich nicht, sie genauer anzusehen, doch ich war unruhig und spürte, daß sich zwischen uns etwas anbahnen würde.

Ihr Blick war starr, und sie schien die hin und her eilenden Menschen vor unseren Augen gar nicht wahrzunehmen. Von Zeit zu Zeit griff sie nach ihrem Glas, nippte daran und stellte es rasch wieder hin. Wir redeten nicht viel. Ich erfuhr nur, daß sie Musikerin war, daß sie Clémence hieß und daß ihr Freund Komponist war – ein Freund Debussys, Faurés und einer ganzen Gruppe angeblich berühmter Musiker, von deren Existenz ich allerdings noch nie gehört hatte. Sie erzählte, daß sie auf dem Montmartre lebe, mitten unter Künstlern, daß sie den norwegischen Maler Edvard Munch gut kenne, daß ihre künftigen Schwiegereltern ebenso beschränkt wie großzügig seien und daß sie das Landleben hasse.

Prompt hatte ich kaum noch Lust, ihr zu erzählen, daß ich ein kleiner Ingenieur war, der auf Kunstwerke wie Eisenbahnbrücken spezialisiert war, und daß mein Großvater, ein Hufschmied, und mein Vater, der ein zur Forstadministration gehörendes Schloß verwaltete, den Grundstein für den Aufstieg meiner Familie gelegt hatten, daß ich auf dem Land und in kleinen Provinzstädten aufgewachsen war, daß ich erst seit Mai in Paris arbeitete und daß der Krieg mir keine Zeit gelassen hatte, viel von der Stadt kennenzulernen.

Sie sah mich geradeheraus an und fragte, ob es jemanden gäbe, der meine Rückkehr aus dem Krieg erwartete. Ich antwortete, ich sei an niemanden gebunden. Das verwunderte sie, denn sie meinte, ich sähe aus wie ein Frauenheld.

Wie hätte ich ihr erklären sollen, daß ich von der Liebe nur die verschwommenen Regungen kannte, die man in der Schule für die Mädchen der höheren Klassen empfindet? Und was Frauen anging, so hatte ich sehr wenig Erfahrung aufzuweisen. Die erste Frau in meinem Leben hieß Ernestine Maillol. Ihr Name ist kaum erwähnenswert. Sie war die Tochter des Bezirksnotars, einer Karikatur des selbstgerechten, jähzornigen Großbürgers. In den Scheunen auf den Ländereien des Schlosses, das mein Vater verwaltete, machte sie mich mit der Liebe bekannt.

Danach gab es ein paar eher harmlose, zuweilen zärtliche, aber nie leidenschaftliche Beziehungen. Wenn ich den Blick einer Frau auf mir ruhen fühlte, hatte ich zwar den Eindruck, Gefallen zu erregen, dennoch trieb mich nichts zur Eile, denn schließlich hatte ich ja noch zahlreiche Jahre vor mir, um verführen und lieben zu können.

Clémence unterbrach meinen Gedankenfluß, indem sie anfing, vom Krieg zu sprechen. Er sei eine Ungeheuerlichkeit, sagte sie mit lauter Stimme. Sie wollte ganz bewußt provozieren, was mich veranlaßte, den an den Nachbartischen Sitzenden beschwichtigend zuzulächeln, die ganz den Anschein machten, als wollten sie dem Gerede handgreiflich ein Ende bereiten. Da Clémence eine Frau war, konnte ich mir an meinen zehn Fingern abzählen, daß ich

derjenige wäre, den sie zurechtstutzen würden. Dieses Vergnügen wollte ich allerdings eher den Deutschen überlassen.
Den Tränen nahe, gab sie jetzt Gott die Schuld an den Ereignissen, denn nur der Glaube an Gott bringe Männer dazu, Kriege anzuzetteln. »Wenn es nicht diesen verdammten Glauben ans ewige Leben gäbe«, sagte sie, »wären Männer nicht so wild entschlossen, auf die Schlachtfelder zu ziehen!«
Ich hatte auf Drängen meiner Mutter zwei Jahre lang eine Jesuitenschule besucht – mein Vater, dessen oberstes Prinzip es war, seine Frau nicht zu vergrätzen, hatte auch in diesem Punkt nachgegeben. Bald schon gehörte ich dort einer kleinen Gruppe von leidenschaftlichen Verteidigern heidnischer Werte an, was sich insbesondere darin ausdrückte, daß wir im Herbst Steinpilze im Wald sammelten. Wir halfen uns gegenseitig dabei, die Schule während der Studierstunden heimlich zu verlassen. Dazu mußte man allerdings das Losungswort kennen. Auf die Frage, wer Gott sei, mußte man antworten: »Gott ist ein nettes Männlein ohne Schwanz.« In meinen Augen tat Clémence Gott also zuviel Ehre an, wenn sie ihm die Schuld an diesem Krieg gab. Schuld daran waren einzig und allein die Deutschen, und es gab keinerlei Grund, das anders zu sehen.
Je lauter Clémence sprach, desto zerbrechlicher kam sie mir vor. Sie hoffte flehentlich, daß die Hände ihres Pianisten heil blieben. Er brauche nur ein Fingerglied zu verlieren, und sein Leben wäre ruiniert. Ein Bein, sein Augenlicht, das alles wäre nicht so schlimm, aber ein einziges Fingerglied ...
Als sie plötzlich zu reden aufhörte, war es, als sei ein Uhrwerk abgelaufen.

»Und, was werden Sie jetzt tun?« fragte sie mich, nachdem wir eine Weile geschwiegen hatten.
»Ich weiß nicht, vielleicht gehe ich in meine Wohnung zurück und nehme später, gegen fünf Uhr, einen Zug in Richtung Ardennen. An Zügen mangelt es heute ja nicht. Eine Woche schon habe ich meine Wohnung nicht mehr betreten. Ich bin zur Beerdigung meiner Großmutter in die Dordogne gefahren. Und Sie, was haben Sie vor?«
»Nichts Bestimmtes. Ich gehe wohl einfach nach Hause.«
»Clémence, bitte verzeihen Sie mir schon jetzt meine dumme Frage, wir brauchen auch nie wieder darüber zu sprechen, aber Ihren Freund, den Pianisten, lieben Sie ihn? Sie müssen mir natürlich nicht antworten.«
»Ja, natürlich liebe ich ihn. Aber vielleicht zielt ihre Frage ja auf etwas ganz anderes ab.«
Sie spürte meine Verlegenheit. Ich war tatsächlich noch nie in einer so kniffligen Lage gewesen. Die Situation war völlig neu für mich, verwirrend und auch ein wenig berauschend.
Sie fuhr fort:
»Eigentlich wollten Sie mir eine andere Frage stellen, Sie wollten wissen, wie es jetzt um mich steht. Aber: wie steht's denn um Sie?«
»Gut, aber bitte vergessen Sie sofort wieder, was ich Ihnen jetzt sage: Dieser Krieg ist eine reine Männerwelt, in ein paar Wochen oder Monaten ist er vielleicht vorbei. Wenn ich in dieser Welt einer Frau begegne, dann wird sie sich höchstens über mich beugen, um eine Blutung zu stillen. Deshalb liegt mir sehr daran, diese letzten Stunden vor dem Krieg mit Ihnen zu verbringen. Wohl wissend, daß Ihr Herz einem anderen gehört.«
Sie ließ ihre blauen Augen über die vorbeiziehende Menge schweifen. Ich hatte große Angst, sie könnte aufstehen

und einfach gehen. Statt dessen sagte sie: »Nehmen Sie mich mit zu sich!«
Ich winkte eine Droschke heran, und wir fuhren los.

Für mich war Clémence der Inbegriff der modernen Frau. Zwar wußte ich nicht genau, was man darunter verstehen sollte, aber wenn es überhaupt so einen Frauentyp gab, dann verkörperte Clémence ihn. Die Frauen, die ich bis dahin kennengelernt hatte, hätten sich ganz anders verhalten als sie.
Clémence nahm meine kleine Wohnung in der Rue de Milan so genau in Augenschein, als enthülle sie alles über mich, was sie noch nicht erfahren oder erraten hatte. Selbst dem gußeisernen Ofen billigte sie einen gänzlich unvermuteten Stellenwert zu.
Sie musterte meine Bücherstapel. Es waren nur technische Bücher, Werke über den Bau von Brücken und Tunneln. Dieser oder jener Titel auch zur Militärgeschichte, aber nichts über Malerei oder Literatur, nichts, was eine Verbindung hergestellt hätte zu ihrer Welt von Künstlern und Freigeistern.
Ich spürte, wie wenig diese stolze, selbstsichere Frau in mein muffiges und düsteres Refugium paßte. Ein paar Socken und kaputte Hosenträger, die ich nachlässig auf den staubigen Boden geworfen hatte, grinsten mir höhnisch aus einer Ecke entgegen.
Mit aufgesetzter Gelassenheit erklärte ich:
»Ich habe die Wohnung schon eine Woche nicht mehr betreten, sie sieht deshalb etwas mitgenommen aus. Und es macht nicht gerade den Anschein, als würde sich das so bald ändern.«
Ein großer Wohnraum, ein kleines Schlafzimmer, ein Bad, eine winzige Küche – es war nicht gerade die Umgebung,

die man sich für das, was wir vorhatten, erträumt. Aber ihr schien dieser Umstand kaum etwas auszumachen.
Um so mehr überraschte mich ihre Frage: »Finden Sie nicht auch, daß Angst das Verlangen bis zur Unerträglichkeit schürt?«
Verlegen versuchte ich, den Sinn ihrer Worte zu verstehen, und bemühte mich, bei meiner Antwort genauso lässig und ungeniert zu erscheinen wie sie:
»Vielleicht könnte ich ihnen in ein paar Wochen auf diese Frage eher antworten, doch einer, der die kalte Klinge eines Bajonetts schon an der Kehle spürt, hat wohl andere Sorgen.«
»Sie wissen genau, daß ich nicht von körperlicher Angst spreche. Ich meine vielmehr jenes vage, aber dennoch intensive Angstgefühl, das einen nicht mehr losläßt, sich festsetzt und dann urplötzlich wieder verschwindet.«
»Wo ich herkomme, kennt man dieses Gefühl nicht. Wahrscheinlich plagt es eher Stadtmenschen.«
Ich hätte lügen müssen bei der Behauptung, daß meinVerlangen nach ihr von metaphysischer Angst herrührte oder etwa von der Furcht, als Soldat in den Krieg ziehen zu müssen. Menschen vom Land wissen, daß sie nur Teil eines einfachen Gesetzen unterworfenen Ganzen sind, und daß man sich unnötig quälen müßte, um mehr zu erfahren. Stadtmenschen sehen sich als Zentrum einer Welt, die sie selbst erschaffen haben. Sie gehen an dieser Hybris zugrunde, von inneren Zweifeln zernagt.

Die Zeit verging im Fluge, die Geräusche draußen verebbten. Ich mußte den ersten Morgenzug erwischen, um vier Uhr fünfundvierzig. Nähme ich einen späteren, würde man mich für einen Deserteur halten. Schlaftrunken schälte ich mich aus den feuchten Laken und machte mich

daran, wieder in meine Uniform zu steigen. Die Straßenbeleuchtung warf einen fahlen Lichtschein durchs Zimmer, der auf Clémence ruhte. Ich versuchte, sie zu wecken, um ihr noch etwas zuzumurmeln, aber sie schlief tief und fest.
Ich ging ins Zimmer nebenan und kritzelte ein paar Worte auf ein Stück Papier, groß genug, damit es nicht übersehen werden konnte.

Clémence, ich muß los. Bleiben Sie und ruhen Sie aus, so lange Sie wollen. Seien Sie nur so nett und legen die Schlüssel in den Briefkasten, wenn Sie gehen, und vor allem: Hinterlassen Sie mir bitte Ihre Adresse in Paris, damit ich sie bei meiner Rückkehr vorfinde. Bevor ich los muß, möchte ich Ihnen einfach noch sagen, daß Sie einen großen Platz in meinem Leben einnehmen. Passen Sie auf sich auf.

Ich küßte sie ein letztes Mal in die Halsbeuge und zog in den Krieg.
Wenn ich nicht so schweres Gepäck gehabt hätte, wäre ich auf der Straße vor Freude von einem Fuß auf den anderen gehüpft, wie ein kleiner Junge, der ein großes Geldstück im Rinnstein gefunden hat und meint, es reiche für's ganze Leben.

Ein Wetter wie am Ende der Sommerferien, es ist sonnig und warm, und ein leichtes Lüftchen weht. Wir haben in der Nähe eines Dorfes an der Maas, nicht weit vom Fluß entfernt, Quartier bezogen. Immer mehr Soldaten treffen im Lager ein. Auf Karren, die von beschlagnahmten Pferden gezogen werden. Kindlich wirkende Achtzehnjährige in blau-roter Uniform, die Augen verquollen nach einer im Zug verbrachten Nacht. Eifrig gehen sie ans Werk; man spürt, sie haben den Ehrgeiz, ihre Sache gut zu machen. Ein Kommen und Gehen in alle Richtungen. Pferde werden angespannt, ausgespannt, Karren beladen und entladen: Tonnen von Waren – Lebensmittel, Decken, Balken, Bretter. Das sechste Pionierregiment hat viel zu tun. Es herrscht eine Betriebsamkeit wie beim Manöver. Diese jungen Burschen bersten vor Entschlossenheit.

Ich dagegen würde am liebsten schlafen. Der warme Dunst um mich herum lullt mich ein und verschleiert meinen Blick auf die Bäume, deren Blätter von der Morgenbrise sanft bewegt werden. Ich fange an, vor mich hin zu träumen. In der trügerischen Ruhe dieses Vorkriegstages gehen mir unzusammenhängende Gedanken durch den Kopf. Gedanken an Clémence, eine neue Liebe, die so kurz und doch so heftig war und die mich gleichermaßen verwirrt wie beglückt. An meinen Vater, der vor kaum zwei Jahren an Krebs gestorben ist. Ohne sich durch Schmerzen bemerkbar zu machen, hat eine melonengroße Geschwulst seine Leber zerstört und ihn im Alter von siebenundvierzig Jahren dahingerafft, zu einem Zeitpunkt, als er besonders stolz war auf seinen Sohn, den Ingenieur und Offizier. Die Familie hat es, was Wissen und gesellschaftliches Ansehen angeht, von Generation zu Generation ein Stückchen weiter gebracht, und das neue Jahrhundert hat für sie unter den denkbar besten Vorzeichen begonnen; jetzt muß nur noch Elsaß-Lothringen zurückerobert werden. Auch an meine zarte Schwester muß ich denken, die in mir, ihrem acht Jahre älteren Bruder, einen Vaterersatz sieht. An das kleinkrämerische Gehabe meiner Mutter, deren tiefe Unsicherheit seit dem Tod meines Vaters offen zutage tritt. Mein Vater hatte sie behütet, auch wenn er sie in schöner Regelmäßigkeit jeden Donnerstag betrog. An dem Tag nämlich fuhr er in seinem Einspänner zum Markt nach Bergerac und stattete danach einer Dame in reiferem Alter, die hinter der Kirche wohnte, einen Besuch ab. Angeblich gab sie Herren gegen wenige Francs das Gefühl zurück, ein ganzer Mann zu sein.

Meine Gedanken wandern weiter zu meinem Großvater. Ich erinnere mich an seinen letzten, vielsagenden Blick bei meiner Abreise. Noch immer empfand er Furcht vor den Preußen, wie damals bei unserer Niederlage im Jahre 1870, als ihn ein Ulan von hinten mit der Lanze attackierte und ihm eine Verletzung beibrachte, an der er für den Rest seines Lebens herumlaborierte. Als wir nach dem Begräbnis meiner Großmutter beim Essen zusammensaßen und der Sattler des Dorfes ihm versicherte, diesmal würde man mit den Deutschen in ein paar Tagen fertig werden, reagierte er verhalten: »Das erinnert mich an einen Witz. Ein junger Mann wettet mit seinen Kameraden, daß er drei große flache Steine schlucken könne. Nach einer Stunde kommen die Kameraden und fragen: ‚Nun, wie weit bist du?‘ Der junge Mann antwortet: ‚Es ist nur noch einer übrig.‘ Und fügt mit gesenktem Blick hinzu: ‚Außer den beiden, die ich im Mund habe.‘«

Für meinen Großvater war es mit den Deutschen genau dasselbe.

»Herr ... Herr Oberleutnant!«
Der aufgeregte kleine Kerl mit den vorstehenden Augen, der mich so brutal aus dem Halbschlaf reißt, heißt Chabert und ist der Oberfeldwebel meiner Einheit. Ein Berufssoldat, krumm wie ein Croissant: Vor lauter Pflichtbewußtsein kommt er ins Stottern.
»He ... Herr Oberleutnant, der Kompaniechef will Sie sehen in ... in seinem Quartier.«
Der Kompaniechef ist ein Riese von Mensch und hat einen dicken Bauch. Etwas Gutmütiges haftet ihm an, auch wenn seine Freundlichkeit zuweilen berechnend wirkt, das heißt, er mag einen, solange man ihm zu Diensten ist, ihn seinen Vorgesetzten gegenüber nicht in heikle Situationen bringt, und er läßt einen mit demselben liebenswürdigen Lächeln fallen, sobald es Ärger gibt.
»Nun, Fournier, ich habe Sie rufen lassen, weil ich beim Durchsehen Ihrer Unterlagen festgestellt habe, daß Sie Spezialist für bewegliche Brücken sind.«
»So ist es, Herr Major.«
»Ingenieurausbildung an der Technischen Hochschule, drei Jahre Militärdienst bei den Pionieren, einige Monate Praktikum im Bauwesen. Das klingt alles sehr gut. Sagen Sie, Sie sind nicht zufällig verwandt mit einem Brückeningenieur namens Fournier, Oberst beim Führungsstab? Ihr Vater vielleicht?«
»Nein, Herr Major. Mein Vater ist tot.«
Ich spüre, wie enttäuscht er ist, daß ein Untergebener ihm bei seinen Vorgesetzten nicht von Nutzen sein kann.
»Eigentlich, Fournier, habe ich Sie kommen lassen, um Ihnen einen Auftrag anzuvertrauen. Ich möchte, daß Sie

die Führung eines Trupps übernehmen, der feststellen soll, ob es an der Maas Stellen gibt, die sich für die Errichtung beweglicher Brücken eignen.«

»Wann soll es losgehen, Herr Major?«

»Am besten so bald wie möglich. Die Deutschen rücken näher. Wir erwarten sie morgen, spätestens übermorgen auf der anderen Seite des Flusses. Im Augenblick bleiben wir in dieser Stellung, aber ich zähle auf Sie, Fournier.«

Und dann mit unsicherem Blick, als habe er Mühe, seine Nervosität zu verbergen:

»Gleich morgen in aller Frühe. Sie und zwei Leutnants für die Erkundung des Geländes. Das müßte genügen.«

Er öffnet eine Schublade und holt eine Flasche Marc heraus, die er wahrscheinlich in einer verlassenen Scheune gefunden hat.

»Einen kleinen Schluck, Oberleutnant?«

Der Krieg hat noch nicht begonnen, und er hat bereits Angst. Obwohl es erst neun Uhr morgens ist, genehmige ich mir ein Gläschen. Kurz danach, auf dem Rückweg zu meiner Einheit, höre ich Schreie, sehe aufgeregtes Hin- und Hergerenne. Chabert rast wie vom Teufel gejagt auf mich zu.

»Was ist denn das für ein Aufruhr, Chabert?«

»Herr ... Herr Oberleutnant, es ... es ist etwas Schreckliches passiert.«

Er holt tief Luft.

»Die Pferde, Herr Oberleutnant.«

Ich gehe weiter, um die Schützen herum, die sich in dem Chaos zu schaffen machen.

Einer meiner Leute liegt auf dem Boden, der Leib zur Hälfte aufgeschlitzt, zwei Kameraden halten seinen Kopf.

»Um Gottes Willen, was ist denn hier los?«

Chabert, nahezu auf die Hälfte seiner Körpergröße geschrumpft, erklärt mir:
»He ... Herr Oberleutnant, ein Ardenner Hengst, er hat zugeschlagen. Aus ... ausgeschlagen, Herr Oberleutnant.«
»Welcher Idiot ist denn auf die Idee gekommen, einen Zuchthengst hierherzubringen? Seit wann beschlagnahmen wir Hengste, ohne ihnen vorher die Eier abzuschneiden?«
Ich trete näher an den jungen Mann heran. Ein dünner Streifen Blut zieht sich von einem Ohr zum Hals.
Er ist der erste Tote meiner Einheit, ein Junge noch, der Bauch aufgeschlitzt von einem Ardenner Hengst. Ein kleiner Bauer, niedergetrampelt von einem Pferd. Sein Blick wird starr, sein Kopf fällt zur Seite, die Lippen sind halb geöffnet. Ich nehme meine Mütze ab und bleibe ein paar Sekunden schweigend stehen. Dann bitte ich Chabert, unseren Militärgeistlichen zu holen. Der Tote war mit Sicherheit Katholik.
Die Sommerferien sind endgültig vorbei.

Am nächsten Morgen wache ich früh auf. Das Lager liegt im Tiefschlaf. In fünfundvierzig Minuten wird zum Sammeln geblasen, doch im Augenblick rührt sich noch nichts. Nur das grobe Tuch der Versorgungszelte raschelt leise in der Morgenbrise. Ohne Lärm zu machen, gehe ich hinüber zu den Ställen, die in den Gesinderäumen eines Pfarrhauses untergebracht sind.
Im Halbschatten erkenne ich Pferdekruppen, in allen Variationen: rote Füchse, Apfelschimmel, Rappen, rotbraune Hengste. Pferde, Sättel, Zugseile, all das, was man auf Bauernhöfen und Schlössern innerhalb von achtundvierzig Stunden hat beschlagnahmen können. Die am Vorabend benachrichtigten Stallburschen haben alles für mich vor-

bereitet. Sattel und Zaumzeug liegen auf einem Schemel. Das Pferd ist am frühen Morgen schon gestriegelt und gebürstet worden: ein Rotbrauner mit drei weißen Flecken am Fuß. Er wirkt gutmütig, die Augen sind weiß umrandet, das verleiht ihm etwas Schelmisches. Nun kommen auch die beiden Leutnants, geschniegelt und gebügelt.
Ich frage mich, in welcher Abteilung der Kompaniechef diese beiden aufgetrieben hat. Ich hoffe nur, daß sie sich im Sattel halten können. Mir reicht ein Toter mit aufgeschlitztem Bauch. Ich mache ihnen nochmals klar, daß wir zu einem Erkundungsauftrag und nicht zu einer Treibjagd aufbrechen. Daß wir ungefähr fünfzehn Kilometer vor uns haben und ich gegen Mittag zurück sein will, daß die Deutschen nicht mehr sehr weit vom anderen Ufer entfernt sind.
Wir folgen einem Treidelweg entlang der Maas. Aus einer Schicht silbergrauer Wolken lugt die Sonne hervor, ihre Wärme ist schon zu spüren. In der Ferne schlägt eine Kirchturmglocke sieben. Stunden wie diese habe ich mit meinem Vater und Großvater hundertfach erlebt: der feuchte Boden, der nach Moos und Champignons duftet, das durch die Blätter gefilterte Licht – früher Morgen auf dem Land und kein anderes Geräusch als das der Pferdehufe und das Klirren des Pferdegeschirrs. Die beiden Leutnants folgen mir, sie halten die Zügel verkrampft, ihre Füße stecken weit vorn in den Steigbügeln. Bei der geringsten Erschütterung würden sie vornüber fallen.
Ich lasse meinen Gedanken freien Lauf. Stelle mir vor, mit Clémence am Ufer eines Flusses zu liegen. Ich hätte ihr mehr erzählen sollen. Jetzt ist es zu spät. Aber wenn ich wieder zurück bin ... Sie hat sich in mir eingenistet.
Ich glaube nicht an Gott, doch das hindert mich nicht daran, einem guten Stern zu vertrauen. Manche Menschen

begegnen dem Tod früher als andere, aber ich glaube, wenn man über den Tod nachdenkt, kann man ihn sich vom Leibe halten. So wie man den Feind, indem man sich auf ihn einläßt, in Schach halten kann. In Liorac lebte einst eine alte heilkundige Frau, deren Rat so gefragt war, daß die Leute sogar von weit her zu ihr kamen. Ihre Heilmittel allerdings zeigten genauso wenig Wirkung wie ihr schlechter Atem. Doch sie prahlte mit ihren seherischen Fähigkeiten und pflegte die Ratsuchenden damit zu bescheiden, ihr Schicksal hänge vom Charakter der Toten ab, die sie zu beklagen hatten. Und da sie alle Welt im Umkreis von zwanzig Kilometern kannte, bemitleidete sie diejenigen, von denen sie wußte, daß ihre Ahnenreihe bevölkert war mit Toten, denen man nur Schlechtes nachsagen konnte. Ich für meinen Teil bin immer überzeugt davon gewesen, meinem Urgroßvater nachzuschlagen, der im Alter von achtundneunzig Jahren starb, als er eine zweite Flasche Pécharment öffnete, die ihn über den Entschluß vom Vorabend hinwegtrösten sollte, das Rauchen aufzugeben. Mit einem solchen Vorfahren kann man einfach nicht im Krieg sterben.

Wir nähern uns dem Fluß. Meine beiden Männer unterhalten sich laut miteinander. Ich bedeute ihnen zu schweigen. An dieser Stelle verengt sich die Maas. Genau hier werden die Regimenter die Frontlinie überqueren müssen, entweder heute abend oder morgen. Ich mache mich daran, das Gelände zu eruieren, Messungen vorzunehmen. In meinem Halfter suche ich nach einem Heft und einem Stift. Wo ist mein Fernglas? Mein Pferd ist in einen so nervösen Trab verfallen, daß meine malträtierte Blase überzulaufen droht. Ich steige ab und stelle mich an eine Birke.

Ganz in unserer Nähe ertönt eine Detonation. Ein Pfeifen nicht länger als eine Viertelsekunde. Ich sehe gerade noch, wie ein Kopf von einem Körper abgetrennt wird, der Körper auf die Knie sinkt, ein Pferd zu Boden geht. Der andere Leutnant sackt neben mir zusammen. Mit abgerissener Schulter, der Knochen ragt wie bei einem Schinken heraus. Ich fühle, wie direkt unter meiner Nase eine Axt einschlägt. Dann wird alles dunkel um mich herum.

Die Spinne spinnt ihr Netz. Langsam. Ihrer Sache sicher. Die Spinne wartet auf die Fliege. Die Fliege verfängt sich im Netz, sie hat verspielt, nimmt ihre Niederlage klaglos hin. Die Natur kennt keine Dramen.

Die Fliege an der vergilbten, bröckelnden Decke über mir, die Fliege, die sich verzweifelt und doch vergeblich abstrampelt – dieses Bild habe ich vor Augen, als ich wieder zu mir komme.

Bald schiebt sich ein anderes Bild davor: Jetzt sehe ich die unteren Kinnpartien und die Schnurrbartspitzen zweier ins Gespräch vertiefter Männer, die mit verschränkten Armen vor mir stehen und ab und zu einen Blick auf mich werfen, ohne mich wahrzunehmen. Von ferne höre ich Fetzen eines Dialogs. Es scheint sich um einen Offizier und einen Chirurgen zu handeln.

»Wir werden ihm den Orden der Ehrenlegion verleihen, solange das noch geht. Ihre Diagnose?«

»Ich fürchte, Gasbrand, Herr Hauptmann. Man hat ihn vor sechs Tagen gefunden und da, wo er lag, scheint er schon mindestens zwei Tage mit dem Tode gerungen zu haben. Er ist erst heute morgen eingeliefert worden. Die Sanitäter haben es nicht gewagt, ihn anzurühren. Sicher haben sie noch nie jemanden mit solchen Verletzungen gesehen. Die Wunden sind ein einziger Eitersumpf. Der Eiter ist in Mund- und Nasenhöhle eingedrungen. Sein Leiden hätte ein Ende gehabt, wenn nicht Schlamm in den Mund geraten und die Blutung der Zungenarterie gestoppt hätte.«

»Nun, was meinen Sie zur Ehrenlegion?«

»Noch ist Zeit, Herr Hauptmann.«

Da nehme ich die wenige, mir noch verbliebene Energie

zusammen und zupfe den Offizier am Ärmel. Als ich zu sprechen versuche, kommen keine Worte. Also gebe ich ihm mit einer Geste zu verstehen, daß ich den Orden nicht will, indem ich auf die Stelle zeige, an die Medaillen geheftet werden. Ich nehme noch wahr, wie verblüfft er ist, dann verliere ich erneut das Bewußtsein.

Einige Stunden später weckt mich ein so starker und zugleich so diffuser Schmerz, daß es mir nicht gelingt, seinen genauen Ursprung auszumachen. Meine Füße lassen sich bewegen. Beide. Die Hände ebenfalls. Meine Augen durchdringen das Halbdunkel. Ich bin also noch heil. Dann bewege ich meine Zunge im Mund. Unten trifft sie auf das Zahnfleisch des Unterkiefers: Meine Zähne müssen zu Pulver zermahlen worden sein. Der obere Teil meines Mundes kommt mir vor wie ein endloser Tunnel; meine Zunge begegnet keinem Hindernis, doch als sie in die Nasennebenhöhlen eindringt, beschließe ich, diesen ersten Erkundungsgang abzubrechen. Erneut sehe ich, wie sich über mir Kinnpartien von zwei Menschen bewegen. Es sind zwei Männer in weißen Kitteln. Wieder versuche ich, etwas zu sagen, doch mein Bemühen erschöpft sich in einem dumpfen Glucksen.

Die Ärzte haben meinen unglücklichen Versuch, mich zu äußern, nicht bemerkt und schwadronieren weiter über meinen Fall. Zwei lange Gurte halten meine Füße und Hände am Feldbett fest und hindern mich an der kleinsten Bewegung. Durch das hektische Kommen und Gehen gleicht der Flur, auf dem ich liege, einem Verschiebebahnhof. Der Krieg hat also tatsächlich begonnen. Ich bin nicht das Opfer eines Warnschusses.

»Auf dem Truppenverbandsplatz hat man ein Krankenblatt für ihn ausgestellt, aber es ist unleserlich. Beschmiert mit Speichel und Blut.«

»Na dann sehen wir mal. Zertrümmerung der Kieferpartie. Bitte notieren Sie! Vollständiges Auseinanderklaffen des Gesichts von oberhalb des Kinns bis zur Hälfte der Nase, völlige Zersplitterung des Oberkieferbeins und des Gaumens, Zerstörung der Partie zwischen Mund und Nasennebenhöhlen. Die Zunge teilweise in Mitleidenschaft gezogen. Sichtbarkeit der nicht mehr geschützten Organe im hinteren Rachenraum. Allgemeine Infektion des Gewebes aufgrund von Eiteransammlung.«
Er fährt fort:
»Listen wir die Befunde auf: Brandrisiko durch Infektion der verwundeten Partien. Infektionsrisiko für die Luftwege und den Lungenbereich, da keine schützenden Organe mehr vorhanden sind. Anämierisiko, weil der Verletzte nicht durch Mund und Nase ernährt werden kann. Das bedeutet, Charpot: den Kerl ins Hinterland schaffen. Richtung Val-de-Grâce. Soviel ich weiß, kann ihm nur dort geholfen werden. Vorausgesetzt, es kommt nicht zum Wundbrand. Aber machen Sie erst einmal die Wunden sauber. Stellen Sie ihm einen Transportbefehl für den Lazarettwaggon aus. Kein Transport auf Binnenwasserstraßen, das würde zu lange dauern. Versuchen Sie, ihm vor der Abfahrt mittels Nasensonde Nahrung zuzuführen. Nehmen Sie ihm die Gurte nicht ab. Vor allem, wenn er zu sich kommt und Sie ihn füttern. Höchstwahrscheinlich wird er große Schmerzen haben.«
»Noch etwas, Herr Major?«
»Das ist alles, Charpot. Aber bringen Sie ihn weg von hier. Seine Wunden verbreiten einen solchen Gestank, daß man ohnmächtig werden könnte.«
Ich verharre stundenlang in diesem Zustand. Allmählich weicht jene seltsame Klarsichtigkeit von mir, die ich verspürte, als ich zu mir kam. Ich träume. Immer das gleiche.

Meine Augen sind auf den Boden von Flaschen gerichtet, die schimmern, während sie sich drehen, und ich kaue auf einer dicken Kugel lehmiger Erde herum. Das Fieber breitet sich in meinen Gelenken aus wie ein dumpfes Brennen. Es hämmert auf meine Schädelbasis ein und drückt mich in das Feldbett mit der Decke aus straff gezogenem grobem Leinen, die mir weich vorkommt, so sehr sind meine Empfindungen durch die Verletzungen getrübt.

Ich weiß nicht mehr, wo ich bin; der Tod scheint mich unentschlossen zu umkreisen. Hinter dem dichten Vorhang meines Fieberwahns spüre ich Bewegung. In der Ferne höre ich, wie ein Krankenträger einer Schwester zuruft:

»Wir bringen ihn heute nacht weg von hier. Diese Idioten haben gerade gemerkt, daß er Offizier ist! Wir können ihn in seiner letzten Nacht an der Front doch nicht in einem Gemeinschaftsraum liegen lassen.«

Im Morgengrauen beugt sich die Schwester über mich, ihre Augen sind groß und marineblau. Ein zarter Flaum bedeckt ihr Kinn. Sie sucht etwas in meinem Gesicht. Auch sie kümmert sich um mich, ohne mich wirklich wahrzunehmen. Als sie schließlich merkt, daß ich existiere, richtet sie das Wort an mich. Aus der Intensität meines Blicks errät sie, was ich möchte.

»Ich werde Ihnen etwas zu essen geben, Herr Oberleutnant. Sie werden sehen, die Suppe ist gut.«

Die Art, wie sie zu mir spricht, erinnert mich an die Schwestern, die sich um meine alte Tante gekümmert hatten. Zusammengekrümmt saß sie in ihrem Sessel am Fenster, wenn sie kamen, um ihr den Kiefer auseinanderzuzwingen, der über die Jahre so fest eingerastet war wie eine alte Tür.

Um ehrlich zu sein, interessiert mich der Geschmack der Suppe weit weniger als die Frage, wie es der Schwester gelingen wird, sie mir einzuflößen. Die Antwort läßt nicht lange auf sich warten.

Meine erste bewußte Mahlzeit wird mir in einem Gummiröhrchen serviert, das mit einem kleinen Gefäß verbunden ist. Wenn man das Gefäß unten öffnet, läuft die Suppe durch das Röhrchen. Und umgekehrt. Ein einfacher physikalischer Vorgang.

»Wir werden Ihnen die Suppe durch die Nase einführen. Sie müssen aufhören, durch die Nase zu atmen, Sie dürfen nur noch durch den Mund atmen.«

Sie behandelt mich wie einen Minderbemittelten. Wahrscheinlich, weil ich sabbere. Einen, der sabbert, kann man nicht für voll nehmen.

Die Suppe fließt durch die Nebenhöhlen in meinen Mund; ich ersticke fast, beginne herumzuzappeln. Die Schwester klopft mir auf den Rücken; mein Magen krampft sich zusammen, ich bekomme Schluckauf. Und dann geht die ganze Prozedur wieder von vorn los.

Sechs Krankentragen stehen auf der Außentreppe des Feldlazaretts hintereinander. Aus unerfindlichen Gründen hat man dann doch auf den Lazarettwaggon verzichtet. Wir werden in einem Krankenwagen zurück nach Paris gebracht. In zwei Reihen mit je drei Tragen übereinander, für sechs Schwerverletzte. Zwei Krankenträger übernehmen abwechselnd das Steuer. In diesem Gefährt müssen wir mit mindestens zwölf Stunden Fahrt bis Paris rechnen. Man schiebt mich unten rein, auf die linke Seite, direkt hinter den Fahrer. Ich habe kaum Kraft, um meinen Kopf zu heben und zu sehen, wer meine Reisegefährten sind. Der neben mir mag vielleicht achtzehn Jahre alt sein. In seinem engelsgleichen Gesicht, das ich im Profil sehe, sind die Augen geschlossen. Unter den Decken zeichnet sich

die Silhouette seines Körpers ab, bis zu den Knien, dann hört er plötzlich auf.
Der Krankenwagen fährt los, begleitet vom Stöhnen meiner Kameraden. Einer, den ich an den Tressen auf seinem leeren Ärmel als Infanterie-Unteroffizier ausmache, ruft flehentlich nach seiner Mutter, schluchzt wie ein kleiner Junge.
In den folgenden Stunden fällt mein Blick auf nichts anderes als auf das Leinentuch der Trage über mir, genauer: auf einen Blutfleck, der mit der Zeit immer größer und von dem Laken wie von einem Löschblatt aufgesogen wird.
Der Schmerz in meinen Nebenhöhlen macht sich wieder bemerkbar und breitet sich in meinem ganzen Gesicht aus. Ich ertappe mich dabei, wie ich von jenem Opium zu träumen beginne, von dem berühmte Reisende in ihren Berichten schwärmen. Es würde die Zange öffnen, die meinen Mund zusammenpreßt. Das Stöhnkonzert um mich herum wird immer leiser, wie bei einem Chor, aus dem die Sänger sich nach und nach fortstehlen, um im Dunkeln zu verschwinden. Den Verwundeten mit offenen Brüchen machen die gepflasterten Straßenabschnitte zu schaffen.
Der junge Soldat mit dem blonden Haar liegt mit bleichem Gesicht auf seiner Trage. Er erinnert mich an eine Federzeichnung, ein Porträt Napoleons II. auf dem Totenbett. Ich sah es bei meinem Großvater in einer Ausgabe des *Magasin pittoresque* aus dem letzten Jahrhundert.
Nach mehrstündiger Fahrt kommen wir im Hof eines Krankenhauses zum Stehen. Aber wir sind offenbar noch nicht am Ziel unserer Reise angelangt. Die Türen des Wagens öffnen sich, und ein Arzt steigt ein. Nach flüchtiger Untersuchung zeigt er mit dem Finger auf zwei der Verletzten und befiehlt:

»Nehmen Sie die beiden raus, sie sind tot. Sie bekommen dafür zwei andere.«

Wir wechseln die Fahrer, so wie man zu Zeiten der Postkutsche die Pferde ausgetauscht hat. Auch »Napoleon« ist unter den Toten, sein statuenhafter Körper läßt sich wegen der Leichenstarre nur mit Mühe aus dem Krankenwagen ziehen. Der Mann über mir ist ebenfalls tot. Das Tuch hat alles Blut aufgesogen, das noch in ihm war. Nachdem die beiden durch zwei andere Männer ersetzt worden sind, fahren wir weiter. Mein neuer Nachbar versucht mit mir zu reden.

»Sag mal, weißt du, wohin wir fahren?«

Ich versuche zu antworten. Aber statt Lauten kommen nur Luftblasen aus meinem Mund, so als würde ich Seife kauen. Enttäuscht setzt er sich in seiner Ecke zurecht und beginnt einen langen Monolog.

Die Hitze nimmt zu, und ich fühle, wie sich mein Gesicht verkrampft, die Muskeln sich zusammenziehen. Schließlich geht der Krampf in rasende Zahnschmerzen über, ich scheine jeden einzelnen Nerv zu spüren.

Der Soldat neben mir führt weiter Selbstgespräche. Er spricht mit seiner Mutter, erzählt ihr von seinen Kriegserlebnissen. Er hat Angst, von ihr ausgeschimpft zu werden, und wiederholt ein ums andere Mal, er habe nichts Böses getan, aber die Deutschen hätten ihm eine große Kugel durch die Beine gejagt.

Der Krankenwagen hüpft förmlich über das Pflaster; über mir höre ich die Holzbretter der Tragen unaufhörlich knarren. Ohne die Gurte läge ich schon längst am Boden. Vom vielen Schwitzen und Sabbern habe ich Durst bekommen. Ich kann an nichts anderes mehr denken und fange an, mich zu fragen, ob mir die Schmerzen nicht doch lieber sind als diese Gier nach Wasser.

Der Krankenwagen bleibt auf freiem Feld stehen. Die Türen gehen auf und lassen die laue Luft des Spätnachmittags hereinströmen. Die beiden Sanitäter stehen draußen, auf ihren Gesichtern zeigt sich Abscheu.
»Mein Gott, was für ein Gestank!«
Ich rieche nichts. Erst jetzt merke ich, daß ich den Geruchssinn verloren habe. Die Wiesen verströmen eine schwache Ahnung von Frische, aber ich kann an diesem sommerlichen Spätnachmittag nicht den geringsten Duft ausmachen.
Die beiden prall gefüllten Feldflaschen, die man uns bringt, lenken meine Gedanken auf mein Hauptproblem. An die fünf andern Verletzten wird großzügig Wasser ausgeteilt, es spritzt nach allen Seiten aus der Flasche. Als ich an der Reihe bin, zieht einer der Sanitäter eine Grimasse und ruft seinem Begleiter zu:
»Du, wir haben ja gar nicht die Ausrüstung, um dem da etwas zu trinken zu geben.«
»Das sollten wir auch gar nicht erst versuchen. Wenn wir Mist bauen, kriegen wir eins drauf. Laß mal, er wird schon durchhalten bis heute abend.«
Die Türen schließen sich wieder. Der Konvoi setzt sich erneut in Bewegung.
Das Motorengeräusch schwillt an und läßt mich das Schlimmste befürchten: eine Nacht unterwegs, ohne die Möglichkeit, meinen Durst zu stillen. Irgendwann schlafe ich schließlich doch noch auf meiner Pritsche ein. Das steigende Fieber betäubt zwar meine Schmerzen, trocknet meinen Körper aber noch mehr aus.
Als ich wach werde, hämmert der Regen auf das Dach des Krankenwagens. Die langsame Fahrt und die häufigen Richtungsänderungen wecken in mir die Hoffnung, daß wir uns jetzt in einer Stadt befinden. Eine letzte längere

Strecke Pflasterstraßen, dann das Knirschen von Kies, und wir sind da. Die Türen öffnen sich. Nacheinander holt man uns aus dem Wagen. Ich versuche, die dicken Tropfen des Gewitterregens mit dem Mund aufzufangen. Man kann nie wissen. Vielleicht müssen erst die Anweisungen des Arztes abgewartet werden, bevor man mir etwas zu trinken gibt. Ich kann mich nicht äußern. Und selbst wenn ich es könnte, hätte ich nichts zu sagen.

Das Zimmer, das man für die Offiziere vorgesehen hat, ist weitläufig. Es hat eine hohe, weißgetünchte Decke mit feinen Rissen und Sprossenfenster, die auf einen engen Hof hinausgehen, in dem die Genesenden sich Bewegung verschaffen können. Doch noch ist es zu früh, um von Genesenden zu sprechen. Gerade sind die ersten Verwundeten eingetroffen; wen man hierher, ins Hinterland, bringt, den hat es am schlimmsten erwischt.

Die Eisenbetten stehen ordentlich nebeneinander ausgerichtet gegenüber den Fenstern, damit die Verwundeten keinen Zug abbekommen. Nur die gewissenhafte Sauberkeit, die in diesem Raum herrscht, läßt darauf schließen, daß man hier Menschen erwartet. Die Decken sind im rechten Winkel glatt gezogen, die Bettpfannen sorgsam unter den Betten verstaut.

Ich bin der erste mit Gesichtsverwundungen auf der Offiziersetage. Bald schon werden die leeren Betten von Männern belegt sein, die zum jetzigen Zeitpunkt noch nichts von ihrem Schicksal ahnen. Sie haben noch keine Vorstellung davon, was sie erwartet. Der Verlust eines Beines oder eines Armes, ein Granatsplitter in Bauch oder Kopf – vielleicht aber auch noch ein paar Wochen Schonzeit.

Diejenigen, die man zu mir legen wird, werden die Erinnerung an Kämpfe in sich tragen, an Kämpfe Mann gegen Mann, an Großoffensiven, während es mich bereits erwischt hat, bevor es richtig angefangen hat. Nie bin ich dem Blick des Feindes begegnet, nie werde ich meinen Kindern erzählen können, wie ein deutscher Soldat aus-

sieht. Die dicken Schnurrbärte und die Pickelhauben werde ich allenfalls erfinden müssen.
In diesen ersten Septembertagen machen mir meine Gesichtsverletzungen weniger zu schaffen als diese kampflose Niederlage, weniger als die Absurdität meines Schicksals, das ich nicht selbst in die Hand genommen habe.
Mein Kopf ist bandagiert, die schmalen Streifen des Verbandes lassen lediglich Augen und Mund frei. Nur so viel vermutlich, um meinen Gesichtsausdruck erkennen zu können.
Weil wir allein in diesem weitläufigen Zimmer sind, richtet ein Handwerker, während er sich über den einzelnen Betten zu schaffen macht, das Wort an mich. Er ist zu alt, um noch eingezogen zu werden, und zu jung, um die Hände in den Schoß legen zu können.
»Es sieht genauso aus wie damals, 1870. Wir weichen zurück. Angeblich sollen sie Paris binnen zehn Tagen erreichen. Wenn er uns nur nicht ins Unglück stürzt, dieser Krieg. Aber ich sage Ihnen: Es gibt keine andere Wahl. Wir müssen mit aller Kraft kämpfen, sonst gibt's wieder 'nen Reinfall. Aber sagen Sie, die haben Sie ja ganz schön zugerichtet, die Deutschen. Und wo hat man Ihnen so zugesetzt? In den Ardennen? Sie können nicht sprechen? Ein ganz schöner Schlamassel, wenn man Sie hierher gebracht hat! Auch wenn Sie nicht sprechen können, hören können Sie doch, oder? Gestern hab' ich mit der Oberschwester geredet. Nicht die kleine dürre mit dem Haarflaum am Kinn – die hat hier nichts zu sagen –, nein, die andere, die kleine rundliche, die so nett zu allen ist. Sie hat gesagt, daß man hier damit rechnet, ganze Ladungen mit Schwerverwundeten zu kriegen. Außerdem würden in Ihren Saal nur die gelegt, die im Gesicht arg zugerichtet sind. Nur entstellte Offiziere, hat sie gemeint. Eine Etage darunter ha-

ben sie das gleiche nochmal für die einfachen Soldaten, und der Saal füllt sich schon. Bei den Offizieren sind Sie der erste. Verdammt Schwein gehabt, denn so können Sie sich wenigstens Ihr Bett noch aussuchen. Sie haben mich beauftragt, bei diesen Patienten alle Spiegel abzunehmen. Sie verstehen, damit es keine bösen Überraschungen gibt. Was die Gitter vor den Fenstern angeht, für die kann ich nichts, die waren schon immer da.«
Er schraubt den letzten Spiegel ab:
»Die haben Sie zwar schrecklich zugerichtet, aber hier haben Sie's noch gut getroffen. Wenigstens ist es sauber. Und außerdem gibt's hier ein paar ganz nette Schwestern. Schließlich sind Sie ein Held; das macht es leichter für Leute wie Sie. Weil sie nicht sehen, was hinter dem Verband ist, stellen sie sich wer weiß was vor, diese dummen Dinger. Nun, ich muß jetzt los. Hoffentlich wird man Sie nicht weiter nach Süden verlegen müssen. Wie auch immer, in Ihrem Zustand brauchen Sie nichts mehr zu befürchten. Auf Wiedersehen, Herr Offizier.«
Die abgenommenen Spiegel hinterlassen häßliche rechteckige Schatten über jedem Bett.

Zuerst tritt die Krankenschwester ein, mit gesenktem Kopf und entschlossenem Blick. Hinter ihr der Arzt, ein großer, etwas gebeugt gehender Mann von etwa vierzig. Drei lange, energische Schritte, und er steht vor meinem Bett.
»Guten Tag, Herr Oberleutnant. Leiden Sie unter der Einsamkeit? Ich fürchte, weitere Kameraden sind schon unterwegs. Heute abend vielleicht, oder spätestens morgen, werden sie da sein. Haben Sie sehr starke Schmerzen?«
Ohne die Antwort abzuwarten, die ich ihm ohnehin nicht geben kann, fährt er fort:
»Sie gehören wohl zu denen, die sich nie beklagen,

stimmt's? Gut! Unser Programm sieht folgendermaßen aus: Wir werden Ihnen etwas zu essen geben, denn Sie müssen wieder zu Kräften kommen. Sie werden sehen, wir haben hier recht fortschrittliche Methoden. In zwei oder drei Tagen werden Sie operiert. Damit wieder ein bißchen Ordnung in Ihr Gesicht kommt. Danach brauchen Sie Ruhe, nichts als Ruhe. Und dann kümmern wir uns um die ernsteren Probleme. All das wird natürlich eine Weile dauern, aber Zeit haben Sie ja genug. Nicht sonderlich erpicht darauf, an die Front zurückzukehren, was?«

Wie um mir Mut zu machen, spricht er weiter:

»Sollte sich der Krieg noch lange hinziehen, werden Sie bestimmt Gelegenheit haben, mit einem brandneuen Gesicht weiterzukämpfen. Ich garantiere Ihnen, sogar der Schnurrbart wächst nach. Ab jetzt komme ich jeden Morgen vorbei. Ich lasse Ihnen eine Schiefertafel und ein Stück Kreide bringen, die sollten Sie benutzen, bis Sie wieder sprechen können.«

Und dann, in vertraulichem Ton: »Wissen Sie, eigentlich haben Sie ja noch Glück. Ihr Gesicht, das sieht zwar furchtbar aus, aber wenigstens gibt es keine Komplikationen. Sehr gute Kapillaren. Keine Wundbrandgefahr, wie man zunächst befürchtet hat. Achten Sie nur auf zweierlei: gut zu atmen und gut zu essen. Der Rest ist meine Sache.«

Abschließend sagt er lauter, zur Krankenschwester gewandt:

»Heute haben wir Montag. Geben Sie ihm dreimal am Tag etwas zu essen, bis morgen abend. Ich brauche ihn am Mittwoch morgen nüchtern, wir werden um sechs Uhr operieren. Falls die Schmerzen zu groß sind, verabreichen Sie ihm ein bißchen Morphium. Aber nicht, daß er sich daran gewöhnt! Es reicht nicht für alle, wenn es so weitergeht wie bisher. Auf bald, Herr Oberleutnant.«

Die Schwester hat das gutmütige Gesicht derjenigen, die sich für andere aufopfern. Sie richtet mich in meinem Bett auf.

»Ich bringe Ihnen gleich etwas zu essen.«

Einige Minuten später kommt sie mit einem großen Holztablett herein und stellt es an mein Bett. In einer Schale dampft Suppe. Kleine Stücke Fleisch liegen auf einem weißen Teller. Daneben eine Zange mit sich kreuzenden Backen. Die Schwester gießt die Suppe in ein Gefäß, das aussieht wie eine Schnabeltasse. Mit der Zange zerdrückt sie die Fleischstückchen und mischt sie in die Suppe. Sie führt den Schnabel der Tasse an meinen Mund, der die Flüssigkeit aufnimmt. Wer hat wohl die größere Ähnlichkeit mit einem Schnabel, das Gefäß oder ich? Ich ahne, daß sich dieses anstrengende Manöver zu einem endlosen Ritual auswachsen wird, fürchte, daß ich nie wieder ohne Zange oder Kauhilfe Nahrung werde zu mir nehmen können.

Die Schwester kommt wieder, als mein Magen sich allmählich an selbständiges Arbeiten gewöhnt hat. Wenn sie mit mir spricht, hebt sie die Stimme, als sei ich zu allem Übel auch noch taub.

»Ich habe Ihnen ein Stück Kreide und eine Schiefertafel mitgebracht, notieren Sie darauf alles, was Sie mir sagen wollen. Außerdem Papier und einen Stift, damit Sie Ihrer Familie schreiben können. Sie sollten Ihren Angehörigen mitteilen, wo Sie sich befinden.«

Ich habe vier kleine Blätter bekommen, kann mir also mehrere Entwürfe nicht erlauben. Nur nach einem steht mir der Sinn: räumlichen und zeitlichen Abstand zwischen meine Familie und mich zu bringen. Ich möchte, daß man mich für eine Weile vergißt, daß ich weder Anlaß zur Sorge noch zur Beunruhigung gebe.

Deshalb überlege ich mir vorher genau, wie der Brief abzufassen ist. Er fällt letztlich beschwichtigender aus, als wenn ich ihn während einer Feuerpause an der Front geschrieben hätte.

Liebe Mutter, lieber Großvater, liebe Schwester,
Ich schreibe Euch aus Paris, genauer aus dem Militärkrankenhaus Val-de-Grâce. Bei einem Erkundungsauftrag hat mich eine deutsche Kugel erwischt. Nichts Schlimmes. Es wurden keine lebenswichtigen Körperteile getroffen – weder Augen noch Beine oder Arme –, nur das Schlüsselbein ist verletzt. Und ich habe eine gute Nachricht für Euch: Ich muß nicht mehr an die Front zurück. Hier werde ich gut versorgt, und die Schwestern sind sehr nett zu mir, ich führe ein fürstliches Leben. Um Komplikationen zu vermeiden, muß ich mehrere Wochen bleiben. Es ist nicht der passende Zeitpunkt für Euch, nach Norden zu fahren. Bleibt daheim. Ich werde so bald wie möglich zu Euch kommen. Hier herrscht ein wenig Panik, und viele Verwundete treffen ein. Deshalb sind Besuche nicht erlaubt. Sagt Onkel und Tante Chaumontel, Sie sollen sich gar nicht erst bemühen, es hätte im Moment keinen Zweck.
Ich hoffe, daß Euch mein Brief beruhigt: Für mich ist der Krieg zu Ende, meine Pflicht habe ich getan, und das ist schließlich die Hauptsache. Ich werde Euch so oft wie möglich schreiben. Solltet Ihr ein paar Wochen lang nichts von mir hören, führt es auf die Post zurück, denn ich versichere Euch, hier kann mir nichts mehr passieren.
...

Während ich den Umschlag zuklebe, habe ich das Gefühl, ein bißchen Zeit gewonnen zu haben. Fast wünsche ich mir, daß der Krieg noch lange dauern möge.

Drei Blätter bleiben mir jetzt noch. Sie sind für Alain Bonnard bestimmt, meinen ältesten Freund. Von der Grundschule bis zum Militärdienst haben wir alles gemeinsam gemacht. Erst bei Ausbruch des Krieges haben sich unsere Wege getrennt. Bonnard wurde mit einer zu kleinen Hand geboren. Die Finger seiner rechten Hand sind so kurz wie die eines achtjährigen Kindes. Gewiß könnte man eine solche Behinderung leichter verbergen, wenn die Leute einem zum Händeschütteln nicht ausgerechnet immer die rechte Hand hinhielten. Wie viele andere hat Bonnard sein körperliches Defizit durch überragende Intelligenz ausgeglichen. Daß er nicht ans Polytechnikum gegangen war, lag an mir. Er wußte, daß ich den dort gestellten Anforderungen nicht genügen würde, und wollte nicht allein hingehen. Mir war klar, daß ich für ihn die physische Vollkommenheit verkörperte, die er gerne gegen eine weniger lebhafte Intelligenz, wie die meine, eingetauscht hätte. Bonnard war ein schlagender Beweis für den Erfolg des republikanischen Schulsystems. Es hatte ihm, dem Sohn eines Cafébesitzers aus dem Périgord, die Ingenieurslaufbahn ermöglicht, und er litt schwer darunter, daß der Musterungsausschuß ihm nicht die Chance gab, der Republik den Dank zu erweisen, den er ihr schuldig zu sein glaubte. Nie würde er die Offiziersuniform tragen, auf die er ohne seine Behinderung Anspruch gehabt hätte; statt zu einem Regiment beorderte man ihn ins Konstruktionsbüro einer Munitionsfabrik.

In meinem Brief lasse ich ihn lediglich wissen, daß ich am Kopf verwundet bin, allerdings nicht in Lebensgefahr schwebe und mit einer langen Genesungszeit rechne. Ich bitte ihn, mir ein Kartenspiel und ein paar Bücher zu bringen, deren Auswahl ich ihm überlasse, schließlich wisse er ja, daß ich keine ausgeprägten literarischen Vorlieben habe. Außerdem teile ich ihm meinen Wunsch mit, er möge unter meinen Bekannten in und außerhalb von Paris der einzige bleiben, der meinen Aufenthaltsort kennt.

Nur drei Mahlzeiten mit Schnabeltasse und künstlichem Kauwerkzeug, und schon ist der Abend vor meiner ersten Operation da. Kein nennenswerter Vorfall ist aus diesen anderthalb Tagen zu vermelden, außer daß der Arzt davon sprach, der Kriegsminister würde den Verwundeten, darunter auch mir, in naher Zukunft einen Besuch abstatten.
Ich liege schon seit einigen Stunden im Tiefschlaf, als Unruhe sich in meine Träume einschleicht. Im Laufe der Nacht sind weitere Verwundete im Zimmer eingetroffen.
Am nächsten Tag werde ich frühmorgens in den Operationssaal gebracht und mit Äther betäubt. Als ich ein paar Stunden später wach werde, verspüre ich starke Übelkeit. Im ganzen Gesicht kribbelt es vor Schmerzen.
Man hat mir den Verband abgenommen, um eine Mazeration der Wunden zu verhindern. Meine Handgelenke sind mit Gurten am Bett festgebunden, damit ich im Halbschlaf die Wunden nicht berühre und sie infiziere. Um mich herum ist völlige Dunkelheit. Über meinem Kopf schwebt ein kuppelförmiges Gestell, wie man es in Gärten zum Schutz von Setzlingen verwendet. Darüber ist ein schwarzes Tuch aus grobem Leinen gespannt.
Erst am Nachmittag des folgenden Tages komme ich wieder ganz zu mir. Ohne das Gestell vor meinem Gesicht erkenne ich in den beiden anderen Ecken des Saals zwei unbewegliche Gestalten, von denen die eine leise und kraftlos röchelt.
In diesem Moment betritt Bonnard das Zimmer, die rechte Hand in der Hosentasche. Ich wundere mich, daß man ihm erlaubt hat, bis zu mir vorzudringen; wahrscheinlich

wird diese Vorzugsbehandlung aufhören, sobald mehr Verwundete da sind. Er nimmt mich als ersten wahr, wendet den Blick ab und nähert sich den beiden anderen Patienten, besieht sich deren Gesichter, bleibt unbeweglich stehen und dreht sich dann erneut zu mir um. Ich sehe das Entsetzen in seinem Blick und habe das Gefühl, daß er das Zimmer am liebsten sofort wieder verlassen will, in der Hoffnung, er habe sich in der Nummer geirrt. Da gebe ich ihm ein kleines Handzeichen. Während er sich mir mit kleinen, zaghaften Schritten nähert, greife ich ungeschickt zu meiner Schülertafel und der Kreide und schreibe in großen Buchstaben: *»Ich bin's, Alain.«* Er setzt sich an mein Bett, nimmt meine Hand und beginnt zu weinen. Die Tränen strömen nur so aus ihm heraus. Vergebens kämpft er gegen die Befangenheit an, die unsere langjährige Freundschaft mitgeprägt hat. Um mich abzulenken, entnimmt er einem kleinen Einkaufskorb ein Kartenspiel und ein paar alte Bücher. Auch nach einer Tafel Schokolade und einem Päckchen Tabak greift er, legt beides jedoch sofort wieder in den Korb zurück.

»Brauchst du sonst noch etwas?«

Ich schüttele den Kopf, besinne mich dann aber.

»Kannst du mir vielleicht doch noch einen Gefallen tun?«

»Natürlich«, sagt er, zu allem bereit, wenn er mir nur helfen kann. »Du weißt, daß du auf mich zählen kannst.«

»Eine Frau hat in meinem Briefkasten einen Brief hinterlassen. Würdest du ihn mir bringen?«

»Wo finde ich den Schlüssel?«

»Bei der Hausmeisterin, sag ihr, ich hätte dich geschickt.«

»Ich kümmere mich darum, Adrien, keine Sorge, ich mach' das schon.«

Ich merke, wie erschüttert er ist. Wegen des entsetzlichen Anblicks, den ich biete – wobei ich mir nur mit Mühe vorstellen kann, was er sieht – aber vor allem wegen der Veränderung in unserer Beziehung. Wie harmlos muß ihm jetzt seine Kinderhand vorkommen. Ich spüre, wie es ihn drängt, diesen ersten Besuch zu beenden. Soviel Verwirrung und ein solcher Gefühlsaufruhr in so kurzer Zeit sind schwer zu verkraften. Bevor er geht, drückt er ein letztes Mal meine Hand zwischen seinen Händen und stammelt: »Du bist ein Held, Adrien, ein echter Held. Ich komme bald wieder.«

Am nächsten Morgen stehe ich zum ersten Mal auf. Ich arbeite mich nur langsam vorwärts, schleppe mich so zögerlich an den Eisenbetten entlang wie die ersten Forschungsreisenden an unbekannten Gestaden. Bei jedem Schritt fürchte ich, den Boden unter den Füßen zu verlieren, aber die Neugierde ist stärker als die Angst.

Als ich endlich mein Ziel erreiche, beuge ich mich über einen der Neuankömmlinge. Er liegt auf dem Rücken und hält ein kleines Kruzifix in seiner rechten Hand, das er gegen die Brust drückt. Sein Gesicht ist ohne Verband. Ihm ist das Kinn weggesprengt worden. Höchstwahrscheinlich durch eine Granate. Der Kiefer hat nachgegeben wie ein Deich unter der Gewalt der anbrausenden Fluten. Sein linker Wangenknochen ist eingedrückt, und die Augenhöhle sieht aus wie ein geplündertes Vogelnest. Er atmet leise. Ich gehe weiter, mache bei jedem leeren Bett halt, bis ich vor dem des dritten Patienten stehe.

Seine matte Haut und seine schwarzen Haare heben sich geisterhaft vom weißen Kopfkissen ab. Sein Profil ist flach. Das Projektil hat ihm die Nase weggeschossen, die Nebenhöhlen bilden klaffende Wunden. Das Fehlen der Oberlippe verleiht seinen Zügen etwas Höhnisches. Ich beginne zu begreifen, warum sich unser Saal nur langsam füllt und warum man uns in die oberste Etage gelegt hat. In diesem großen spiegellosen Raum wird jeder von uns zum Spiegel des anderen.

Zuerst tritt der Chefarzt ein, gefolgt vom Stationsarzt und zwei Offizieren des Führungsstabs, die den Weg freimachen für den Kriegsminister. Wir Patienten sind nur zu dritt, und ich bin der einzige, der bei Bewußtsein ist. Der Arzt stellt mich dem Minister mit wenigen Worten vor:
»Oberleutnant des Pionierregiments, Herr Minister, in den ersten Stunden des Krieges an der Maas verwundet!«
»Oberleutnant Fournier«, setzt der Minister an, »ich bin gekommen, um Ihnen den Dank des Vaterlandes auszusprechen für Ihre Tapferkeit und das Opfer, das Sie gebracht haben. Ohne Männer wie Sie wäre dieses Land, das wir für unsere Kinder verteidigen, der deutschen Barbarei ausgeliefert. Wir sind stolz auf Sie!«
Er drückt mir die Hand und fragt:
»Woher kommen Sie, Herr Oberleutnant?«
Der Arzt sagt schnell:
»Er kann noch nicht sprechen, Herr Minister.«
»Aber kann er wenigstens hören?«
Ein Offizier des Führungsstabs tritt vor.
»Auf jeden Fall sind Ihre Worte für die Presse notiert worden, Herr Minister.«
»Sehr schön, sehr schön. Nur Mut, Herr Oberleutnant. Man hat mir gesagt, daß Sie in ein paar Wochen wieder auf den Beinen sein werden, bereit, an die Front zurückzukehren. Männer wie Sie werden gebraucht. Auf Wiedersehen, Herr Oberleutnant.«
Der Minister verläßt mit seinem gesamten Hofstaat den Raum. Nicht einmal die dabei entstehende Unruhe schreckt meine beiden Kameraden aus dem Schlaf.

Mir ist das, was sich soeben abgespielt hat, zwar nicht ganz begreiflich, aber dennoch: es erfüllt mich mit echtem Stolz.

Der Verwundete mit dem matten Teint ist heute morgen gestorben. Ein Granatsplitter hatte sein Gehirn zerstört, ihm blieb nicht die geringste Chance. Kaum hatte die Krankenschwester ihre erste Runde beendet, wurde er auch schon abgeholt, so als habe man Eile, jede Spur seiner Anwesenheit in diesem Raum zu verwischen.
Wenige Stunden später wird ein neuer Patient gebracht. Weil ich am längsten in diesem Zimmer liege, läßt es sich die Schwester nicht nehmen, mich über alle Veränderungen zu informieren.
Und so erfahre ich, daß es sich bei dem Neuankömmling um einen Piloten handelt, dessen Flugzeug in den Ebenen der Marne abgestürzt ist. Soweit also waren die Deutschen schon vorgestoßen! Er trägt noch immer seine Uniform und die Stiefel, um welche die Flieger von den Infanteristen so beneidet werden. Im schwachen Licht des Fensters über seinem Bett kann ich sein Gesicht nur undeutlich erkennen: Es sieht aus wie ein großer dunkler Karamelbonbon, verbrannt und völlig entstellt. Keine Spur mehr von Schnurrbart oder von Augenlidern, bar jeder menschlichen Form.

Bei seiner täglichen Visite teilt mir der Chirurg mit, meine erste Operation sei erfolgreich verlaufen. Es sei gelungen, die zahlreichen Wülste zu glätten, die das zerrissene Gewebe verursacht habe. Dann erklärt er mir genau, welche weiteren Operationen mir bevorstehen. Die Offenheit, die er dabei an den Tag legt, sei, so erklärt er, Ausdruck des Vertrauens, das er mir in meiner Funktion als Offizier entgegenbringe.

»Um es kurz zu machen, Herr Oberleutnant, ich warte auf Material, das es mir ermöglicht, Ihren Oberkieferknochen wiederherzustellen und besonders Ihren fehlenden Gaumen zu ersetzen. Dafür sehe ich keinen anderen Weg als eine Knochentransplantation. Ich habe vor, Ihnen menschliche Knochen einzusetzen, das heißt, ich muß auf Knochen von jüngst verstorbenen Säuglingen warten. Meine Kollegen an den zivilen Krankenhäusern habe ich über die Dringlichkeit meines Gesuchs informiert. Sobald einer von ihnen in der Lage ist, mir diesen, verzeihen Sie den Ausdruck, »Rohstoff« zu liefern, werde ich die Rekonstruktion Ihres Oberkiefers in Angriff nehmen. Das wird natürlich nicht in einer einzigen Operation zu bewerkstelligen sein, aber wir sind auf dem rechten Weg.«

Bei Einbruch der Nacht ist das Zimmer mit den hohen Decken immer sehr still. Ich fürchte mich vor den unruhigen Nächten mit den beklemmenden Alpträumen, die mich mit schöner Regelmäßigkeit aufschrecken und die, noch bevor ich, eingelullt durch das dumpfe Röcheln meiner sich unbewußt ans Leben klammernden Kameraden, wieder eingeschlafen bin, genau da einsetzen, wo sie aufgehört haben.

Das Aufwachen ist entsetzlich, denn es zerreißt den nächtlichen Schleier des Unwirklichen.

Allein Äther vermag meinen Geruchssinn zu wecken, doch nur um ihn sofort wieder einzuschläfern. Und der Geschmackssinn, der angeblich vom Gaumen herrührt, hat sich bei der Gemüsebreisuppe, die man mir Tag für Tag einflößt, noch nie gemeldet. Mir scheint, als konzentriere sich meine ganze Person auf dieses klaffende Loch in meinem Gesicht, die Lücke, die man nicht zu füllen in der Lage ist. Nur bei den Hirschen wächst ein abgeworfenes Geweih wieder nach. Und selbst wenn es gelingen sollte, meine Unterlippe an das Stück Nase mit der fehlenden Scheidewand anzunähen, vermag man sich immer noch nicht vorzustellen, wie diese Hautfetzen je Form annehmen sollten.

Jede Nacht träume ich von Clémence. Tagsüber verbiete ich es mir, an sie zu denken, die Erinnerung an sie zu beleben und mir eine Zukunft mit ihr vorzustellen. Was das Tier vom Menschen unterscheidet, ist die Tatsache, daß das Tier der Zukunft überhaupt keinen Platz einräumt. In meinem Fall wäre das bequem. Aber auch die Gegenwart macht es mir nicht eben leicht.

Noch verspüre ich keine Lust, die Geschichten anderer zu lesen, mich in das Geflecht ihres Lebens zu vertiefen, solange mein eigenes so aus den Fugen geraten ist. Während meine Kameraden darum kämpfen, das Bewußtsein wiederzuerlangen, spiele ich Karten, ganz allein; ich lege Patiencen, so, wie es mir mein Großvater beigebracht hat. Ab und an mache ich eine Pause und beobachte die anderen, doch in der Stille des Krankenzimmers erkenne ich nur, wie sich ihr Brustkorb im Rhythmus ihres Atmens hebt und senkt.

Seit ein paar Stunden ist es dunkel. Der Chirurg betritt das Zimmer. Allein. Er geht langsamer als sonst. Er zieht einen Hocker an mein Bett und setzt sich. Dann beugt er sich über mich und prüft rasch den Zustand meiner Wunden.

»Wir kommen voran, Fournier, es geht vorwärts. Sie sind außer Gefahr. Das wissen Sie schon, nicht wahr? Nun bleibt noch dieses Loch. Ich weiß noch nicht, wie ich es schaffen werde, den Speichelfluß einzudämmen. Die Haut zu spannen, um eine neue Oberlippe zu formen, das ist nicht schwer; am schwierigsten ist die Verpflanzung von Knochen, damit diese Haut eine feste Grundlage hat. Sie hatten noch einigermaßen Glück, denn Ihre Zunge ist nahezu intakt. Sie haben noch alles, was man zum Sprechen benötigt, aber damit Ihre Stimme hörbar wird, müßte man den Ton kanalisieren. Noch geht er unweigerlich in alle Richtungen. Aber Sie werden sehen, wir werden das schon hinkriegen.«

Er blickt sich im Saal um:

»Noch nicht viel los hier. Sie sollten mal den Raum mit den einfachen Soldaten sehen, es sind so viele, daß wir nicht mehr wissen, wo uns der Kopf steht. Der erste Saal mit achtundvierzig Betten ist voll. In meiner ganzen Zeit als Chirurg habe ich sowas noch nicht erlebt. Vor allem die Gesichtsverletzungen. Schuld daran ist die Artillerie. Diese elenden Deutschen sparen offenbar nicht an Blei. Aber die Medizin macht Fortschritte, Riesenfortschritte sogar. Am Ende des Krieges werden wir in der Lage sein, neue Gesichter zu formen, Gesichter, denen man die Verletzungen nicht mehr ansieht. Zerstörungen ungeheuren Ausmaßes, und die Wissenschaft macht enorme Fortschritte! Ist doch paradox, nicht wahr? Ich muß jetzt los, morgen früh um fünf stehe ich wieder am Operationstisch; heute habe ich vierzehn Leute operiert, und jeder Fall lag anders, die Verletzungen sind so verschieden, daß ich mich frage, ob es je gelingen wird, sie zu typisieren. Beine und Arme, da gibt es kein Problem, da braucht man nur zu schneiden – mehr oder weniger. Bei Gesichts- und Kieferverletzungen jedoch kann man nicht amputieren, da muß man zusehen, daß Gewebe nachwächst, das hat schon etwas Faszinierendes. Zugegeben, eher für mich als für Sie. Aber jetzt muß ich mich wirklich schlafen legen.«

Als er sich erhebt, tätschelt er mir freundschaftlich den Arm, und bevor er das Zimmer mit einem tiefen Seufzer verläßt, wirft er noch einen Blick auf meine Kameraden.

Es ist schon spät. Ich habe beschlossen, aufzustehen. Trotz der Schmerzen. Mir ist innerlich kalt. Ich schlage eines der noch unbelegten Betten auf, nehme eine Decke und hülle mich in sie ein wie ein Indianer. Im Flur gehe ich dem Licht, das von draußen durchs Fenster fällt, entgegen. Da, wo die Scheibe durch die Straßenlaternen erleuchtet wird, erspähe ich einen Winkel, der mir mein Spiegelbild zurückwirft. Ich befinde mich in der sogenannten Trockenphase und trage keinen Verband. Vor mir sehe ich einen Mann, dessen Gesicht von einem Tunnel mit fetzenartigen Konturen durchschnitten wird. Seltsamerweise läßt mich dieser unwirkliche Anblick, der dennoch real ist, unberührt; ich wundere mich, daß ich weder das Bedürfnis verspüre zu weinen, noch das geringste Entsetzen empfinde, und bin deshalb um so verdutzter, als mein Magen seinen gesamten Inhalt auf die geliehene Decke entleert.

Nach dem Mittagsschlaf erscheint Bonnard in der Tür. Er nähert sich auf Zehenspitzen, aus Angst, die anderen Patienten zu wecken. Alain wirkt genauso verunsichert wie beim ersten Mal, sucht nach Einzelheiten, die ihn darin bestätigen, daß dies wirklich sein Freund ist, der ihm gegenüber sitzt. Er reicht mir einen Brief:
»Das ist alles, was ich in deinem Briefkasten gefunden habe.«
Ich reiße den Umschlag auf. Zwar will ich dem Brief keine übertriebene Bedeutung beimessen, aber immerhin bildet er eine der letzten Brücken zu meiner früheren Existenz. Mit der freien Hand fasse ich Bonnard am Unterarm, als befände ich mich am Rande eines Abgrunds und suchte Halt. Und dann lese ich:

Lieber Adrien,
die wenigen Stunden an Ihrer Seite gingen wie im Flug vorbei, aber sie waren von einer wunderbaren Intensität. Ich war hingerissen von der Tiefe Ihres Blicks, der Ihren vollkommenen Gesichtszügen eine solche Festigkeit verleiht. Ich bin sicher, wir haben beide den Versuchungen jenes verqueren Einberufungstages nachgegeben. Sie kennen jedoch meine Situation und wissen, wie sehr mich der Mann braucht, an den ich gebunden bin. Einander wiederzusehen wäre töricht. Wir dürfen in die gegenseitige körperliche Anziehung nicht zuviel hineindeuten, denn sie ist ohne Dauer. Es wäre grausam von Ihnen, mir dies übelzunehmen.
Verzeihen Sie, daß ich Ihnen keine Adresse hinterlasse und es dem Zufall anheimstelle, ob wir einander je wiedersehen. Ich werde Ihr Gesicht, das mich so bezaubert hat, nie vergessen, und danke Ihnen, daß Sie mich nun meine Pflicht tun lassen.
Ihre aufrichtig ergebene
Clémence

Ich falte den Brief sorgfältig zusammen und lege ihn auf meinen Nachttisch. Dann nehme ich Schülertafel und Kreide und schreibe:
»*Danke, daß du das für mich getan hast, dieser Brief war wichtig für mich. Erzähl' mir von dir, wie ist es dir ergangen?*«
»Man hat mich ins Konstruktionsbüro von Bachelot & Roy beordert, eine Waffenfabrik, die Kanonenschäfte herstellt. Dort habe ich das Gefühl, nützlich zu sein, an den Kriegsanstrengungen teilzuhaben. Natürlich wird mein Name nie in den Geschichtsbüchern auftauchen, aber ich tue mein Bestes, um Frankreich zu dienen. Hast du Nachrichten von der Front?«

Mit einer Bewegung meines Zeigefingers bedeute ich ihm »nein«.
»Wir sind gerade mit einem blauen Auge davongekommen: Die Deutschen haben uns ans Marne-Ufer zurückgezwungen. Am Ende ist es uns aber doch noch gelungen, sie zurückzudrängen. Beinahe hätten sie es geschafft, bis nach Paris zu marschieren. Wir haben jetzt die Offensive übernommen, aber ich fürchte, der Krieg wird länger dauern als erwartet. Wenn er vor Wintereinbruch nicht zu Ende ist, werden wir noch bis zum Frühjahr oder Sommer aushalten müssen.«
Es ist Sonntag. Bonnard verbringt den Rest des Nachmittags an meinem Bett. Ich schlage ihm nicht vor spazierenzugehen, denn noch fehlt mir der Mut, den Blicken anderer standzuhalten, obgleich sie selbst Krüppel sein mochten. Ich verdonnere Bonnard also dazu, den ganzen Nachmittag mit mir zu reden. Und seine Gewandtheit in der schwierigen Kunst des Monologs zeigt mir ein weiteres Mal, wie scharf sein Verstand und wie aufrichtig seine Freundschaft zu mir ist.
Mir kommt in den Sinn, wie leidenschaftlich er sich immer schon der Malerei gewidmet hat. Sein Talent konnte ich erahnen, als er einmal in seinem Internatszimmer eine Zeichnung oder ein Aquarell herumliegen ließ. Ich weiß, daß diese Leidenschaft bei ihm um so stärker ausgeprägt ist, als er mit seiner rechten, behinderten Hand malt, während er mit der linken schreiben muß. Er erzählt mir von seinen Vorbildern, den Kubisten, und äußert die Befürchtung, diese Schule werde die Gewalt unserer Epoche nicht überstehen. Er selbst arbeite daran, seinen Bildern mehr Ausdruck zu verleihen, und er sei überzeugt, in der Nachkriegszeit werde die Kunst mit tiefgreifenden Veränderungen zu rechnen haben.

Als er mich bei Einbruch der Dunkelheit verläßt, hat er kaum etwas von sich selbst erzählt, allerdings verspricht er, am folgenden Sonntag wiederzukommen.

Die Schwestern haben ihre letzte Runde gemacht, und die Lichter gehen nach und nach aus. Wieder einmal habe ich meine Mahlzeit erbrochen, mein Magen ist es leid, allein arbeiten zu müssen, ohne jede Unterstützung durch Kauwerkzeuge. Meine Speicheldrüsen produzieren unablässig Unmengen von Schaum. Nichts scheint meinen Verfall aufzuhalten. Damit mir ein Oberkiefer eingesetzt werden kann, muß erst der Tod einen Säugling den liebenden Armen seiner Eltern entreißen. Die Frau, in die ich ein wenig Hoffnung gesetzt habe, schreibt mir einen Brief, in dem sie mich abweist, und Frankreich ist dabei, den Krieg zu verlieren; Bonnard verheimlicht es mir, er will mich, seinen Freund, schonen.

Ich stehe auf und taste mich zum Wandschrank, wo meine Militärausrüstung liegt, die mir abgenommen werden wird, sobald über meine endgültige Ausmusterung entschieden ist. Auch meine Pistole liegt da, in ihrer Halterung. Ein Fehler der Verwaltung: Sie hätte nämlich requiriert werden müssen. Ich befühle ihren schweren Kolben. Die Patronen stecken im Gürtel. Drei nehme ich heraus und stecke sie vorsichtig in die Trommel. Drei Kugeln und drei gute Gründe, sterben zu wollen. Ich halte mir den Lauf unters Ohr, die einzige Stelle an meinem Kopf, an der ich keine Schmerzen habe.

Es ist ein merkwürdiges Gefühl, sich selbst ausgeliefert zu sein. Ein idealer Moment, sich darüber klar zu werden, wie sehr unser Dasein von der Angst vor dem Ende bestimmt wird.

Weder der Gedanke an meine Mutter noch der an meine

Schwester oder meinen Großvater hindern mich daran, auf den Abzug zu drücken; es ist allein die Vorstellung, daß ich dabei bin, eine Sache zu Ende zu bringen, die die Deutschen begonnen haben.
Schließlich stecke ich die Pistole in die Halterung zurück. Als ich den Schrank schließe, mache ich ziemlichen Krach, in der Hoffnung, damit meine Zimmergenossen endlich wachzurütteln.

Die Station umfaßt jetzt fünf Zimmer. In der ersten Etage befinden sich zwei für die einfachen Soldaten, in der zweiten Etage eins für die niederen Offiziere mit Gesichtsverletzungen, in der dritten eins für die schwer entstellten niederen Offiziere und am Ende des Gangs ein kleineres Zimmer für die höheren Offiziere. Darin liegt nur ein einziger Patient, ein Oberst.
Der erste meiner Zimmergenossen, der aus dem Koma erwacht, ist der mit dem kleinen silbernen Kreuz in seiner geschlossenen Hand. Er ist Kavalleriehauptmann und wurde bei einer morgendlichen Offensive in den Argonnen verwundet. Henri Penanster steht auf dem Zettel, der an den Gitterstäben seines Bettes hängt. Sicher ein Bretone. Ihm war die Hälfte des Kinns von einem Granatsplitter weggerissen worden, der ihm auch die Halsschlagader zerfetzte. Das ausgeschlagene Auge und die eingedrückte Augenhöhle verdankt er dem Huf eines Pferdes, das hinter ihm stand und ihm, als es von feindlichen Kugeln tödlich getroffen zu Boden ging, einen Schlag versetzte, während er bereits verletzt da lag. Penanster hätte alles Blut verloren, wenn nicht Schlamm die Blutung seiner offenen Halsschlagader gestillt hätte. Noch bei Bewußtsein, aber überzeugt, daß er bald sterben würde, flehte er eine Krankenschwester an, ihm ein Kreuz zu bringen. Sie nahm das

Kreuz ab, das sie um den Hals trug, und reichte es ihm; er ergriff es, schloß seine Finger darum und hat sie seither nie mehr davon gelöst, nicht einmal in den Stunden tiefster Bewußtlosigkeit.

Er war noch nicht wieder zu sich gekommen, als man eine Mundsperre anbrachte, damit seine Kiefer sich nicht noch stärker aufeinanderpreßten. Jeden Tag tauchte eine Schwester auf, um zu messen, wie weit sich sein Mund schon geöffnet hatte, und das Ergebnis sorgfältig auf einem Blatt Papier, das am Fußende seines Bettes hing, zu notieren.

Pierre Weil, der verbrannte Pilot, liegt da, Gesicht und Hände mit Fett eingerieben. Als sein Flugzeug getroffen wurde, ging der Motor in Flammen auf, die ihm Hände und Gesicht verbrannten. Nur seine Augen, die von der Brille geschützt wurden, blieben unversehrt.

Doch das Schicksal hatte noch mehr für ihn parat: Bei der Notlandung war er gegen einen Baum geprallt und wurde dabei aus der Pilotenkanzel geschleudert. Durch den Zusammenprall wurde ihm das Gesicht zertrümmert.

Eigentlich wären nur Tote in der Lage, uns zu beneiden. Und selbst da bin ich mir nicht sicher.

Clémence beherrscht all meine Gedanken. Das Gefühl verraten worden zu sein, das ihr Brief in mir verursacht hatte, verschwand nach ein paar Tagen. Ich weiß, ich werde sie wiedersehen, und sollte es Monate, ja Jahre dauern. Erleben werde ich, wie ihre Schönheit verblüht, wie die Zeit ihre Züge vergröbern und tiefe Spuren in ihr Gesicht graben wird. Ich jedoch, mit meinem entstellten Gesicht, ich werde nicht altern. Der Krieg hat mich mit vierundzwanzig zum Greis gemacht. Den Mut, mich zu töten, hatte ich nicht. Vielmehr brachte ich den Mut auf, es nicht zu tun. Nun drohen Groll und Verbitterung. Aber insgeheim biete ich ihnen bereits die Stirn.

Der Herbst hat die Blätter der Sträucher im Hof verfärbt. Von Rauhreif bedeckt, fallen sie zu Boden. Die Kriegsarmeen beziehen ihre Winterquartiere, jede, so hört man, weicht auf ihre Position zurück. Bonnard hatte recht, wie so oft. Neue Patienten sind bei uns eingeliefert worden. Niemand spricht. Fast meint man, in einer Bibliothek zu sein, in der jeder aus Rücksicht auf die anderen still vor sich hin arbeitet. Die Kühnsten unter uns versuchen manchmal nachts ihre Stimme zu üben, doch das, was ihrer Kehle entsteigt, klingt wie das Glucksen von Wasser. Unter den neuen Insassen befinden sich jüngere und ältere. Das jeweilige Alter jedoch ist unwichtig geworden, denn die Verletzungen haben sämtliche Unterschiede aufgehoben.

Die zehn Betten sind mittlerweile alle belegt, das Zimmer ist voll. Links neben mir liegt Penanster, rechts Weil. Penanster macht seine ersten Schritte, er hält sich dabei an den Stäben seines Bettes fest. Da die Mundsperre nicht das erhoffte Resultat erbracht hat, ist sie wieder entfernt worden. Auch die Holzzange, die man Penanster daraufhin einsetzte, hat kaum Wirkung gezeigt. Schließlich entschied man sich für eine besonders drastische Methode: Man befestigte mit Hilfe von dünnen, aber festen Schnüren einen Sack Kohlen an seinem Unterkiefer. Jeden Nachmittag muß Penanster sich nun eine Stunde lang mit dem Rücken an die Wand stellen. Ein an der Stirn befestigter Gurt drückt seinen Kopf gegen die Wand, damit er unter der Wirkung des Sacks Kohlen, der den Kiefer nach unten zieht, nicht nach vorn fällt. Unser Krankenzimmer wird mittlerweile »Ort der Gemarterten« genannt; es gilt als Kammer des Grauens, in der die Verwundeten auf ärztliche Anordnung an teuflisch aussehende Apparate gekettet werden. Tatsächlich zeichnen sich erste Erfolge ab.

Nach sieben Wochen hat sich Penansters Kiefer um eineinhalb Zentimeter geöffnet. In etwas mehr als drei Jahren wird er also in der Lage sein, den Schnabel so weit aufzureißen wie der Rabe in La Fontaines Fabel.
Penanster betet im Dunkeln, morgens wie abends. Ich frage mich, was er Ihm wohl zu sagen hat und wie er zu Ihm sprechen kann, ohne Ihn anzuklagen.
Weils Kopf erinnert an einen prähistorischen Schädel, die Nebenhöhlen liegen bloß. Seine Unterlippe ist stark angeschwollen und verleiht ihm einen schmollenden Gesichtsausdruck. Dieser Mann versteht es, mit den Augen zu lachen. Der Rauch des brennenden Flugzeugs hat ihm die Bronchien und die Stimmbänder versengt, aber ich bin sicher, daß er der erste von uns sein wird, der spricht. Und etwas sagt mir, daß wir es nicht bereuen werden.
Mit dem Eintreffen weiterer Verwundeter hat sich die Anzahl der Krankenschwestern erhöht. Ich wundere mich, daß sie immer jünger und hübscher werden. Wahrscheinlich meinen die Ärzte, das traurige Dasein der Schwerverletzten auf diese Weise etwas aufzuheitern, Balsam auf ihre Wunden zu träufeln. So, daß nur sie es lesen kann, erkundige ich mich bei meiner Komplizin, der Oberschwester, die sich um mich kümmert wie um ein Neugeborenes.
»Die jüngsten Schwestern«, flüstert sie mir während der Bettruhe ins Ohr, »wurden hierher beordert, weil sie keine Hemmungen hatten, die Verwundeten in den unteren Etagen zu umgarnen. Stellen Sie sich vor, Monate ohne Männer ... Alle im Krieg. Es begann problematisch zu werden. Als die Sache dem Chefarzt zu Ohren kam, wurde er wütend und ordnete die Versetzung aller jungen Schwestern auf die Etage mit den Gesichts- und Kieferverletzten an. ›Da kommen sie wenigstens nicht auf dumme Gedanken!‹ meinte er.«

Während der kleine Hof unten still im ersten Winterfrost daliegt, teilt mir der Arzt mit, eine Pariser Entbindungsklinik habe ihm freundlicherweise den Körper eines totgeborenen Kindes zukommen lassen. Die wichtigsten Teile des Skeletts seien ihm bereits entnommen worden und lagerten, wie er nicht ohne Stolz erklärt, in Paraffin im Eisschrank.

»Damit haben wir, was wir für Ihren nächsten Eingriff benötigen. Wir werden Sie morgen in aller Frühe operieren. Es wird eine lange Prozedur werden und, soweit ich weiß, die erste, bei der ein Oberkieferknochen verpflanzt wird. Sie müssen mit zwei bis drei Monaten Rekonvaleszenzzeit rechnen.«

Ich beginne fieberhaft zu rechnen: drei Monate für den Oberkiefer, weitere drei für den Gaumen. Wenn alles normal verläuft, kann ich in sechs Monaten wieder sprechen. Noch sechs Monate, und ich kann unter all das einen Schlußstrich ziehen.

Im Morgengrauen, als der Schlaf endlich auch die Patienten mit den größten Schmerzen übermannt hat, werde ich zur Operation abgeholt. Als Gymnasiast hatte ich einen Französischlehrer mit einer Leidenschaft für griechische Mythologie. Er erzählte uns häufig die Geschichte von Sisyphos. Damals, als Schüler, konnte ich nicht viel damit anfangen, aber nun werde ich vor jeder Operation daran gemahnt. Die Art und die Schwere der Bestrafung haben sich verändert, sie entsprechen den Mitteln der Zerstörung unserer Zeit.

Wieder versinke ich im Ätherrausch, doch als ich diesmal aus der Narkose erwache, ist mein Kopf in einen Schraubstock eingespannt. Täglich werden die Schrauben etwas reguliert, und dann gilt es von neuem, den Druck auszuhalten. Je länger der Krieg dauert, je weiter die Zahl der Verwundeten steigt, je geringer die post-operativen Morphiumdosen werden, je mehr die Patienten leiden, desto weniger sprechen sie. Denn wenn sie es täten, könnten sie über nichts anderes als ihre Schmerzen reden. Die Ärzte werden immer nervöser: Je mehr sie zu tun haben, desto mäßiger fallen die Ergebnisse aus. Vielen Patienten sieht man an, daß sie nur grob zusammengeflickt wurden. Männer mit notdürftig zusammengeschusterten Gesichtern werden wieder nach Hause geschickt, die Haut wie ein von Narben zerfurchtes Schnitzel. Mehr von gutem Willen denn von chirurgischem Können zeugen die Transplantate, und oftmals läßt sich nur an der Position der Augen erkennen, ob die einzelnen Teile eines Gesichts an den richtigen Stellen sitzen.

Zum Glück werden wir jetzt wieder mit Binden versorgt. Schwarze Binden und weiße, Binden fürs rechte oder linke Auge und Binden für die beiden Gesichtshälften, für den unteren Teil des Gesichts oder für den Teil, der von der Oberlippe bis zur Stirn reicht. Löcher für die Augen sind bei diesen Standardanfertigungen nicht vorgesehen. Wer auf dem Schlachtfeld in der oberen Gesichtshälfte getroffen wurde, hat meist auch ein Auge verloren. Wer Glück hatte, braucht nur ein oder zwei münzgroße Löcher aus der Binde herauszuschneiden.

Das beste Zeichen dafür, daß ein Verwundeter nach der Operation wieder Hoffnung schöpft, ist sein Wunsch, sich zu uns an den Spieltisch zu setzen, der nur aus einem Hocker besteht, auf dem wir die Karten mischen. Etwas Erfreuliches gibt es zu vermelden: Weil fängt wieder an zu sprechen. Zwar klingt seine Stimme, als komme sie aus dem Jenseits, aber immerhin ist er der erste von uns, der von seiner Sprachlosigkeit befreit ist.

Weniger erfreulich ist die Tatsache, daß die Ärzte versuchen wollen, Weil mittels Hautverpflanzung eine neue Nase zu verpassen. Das Vorhaben an sich ist weniger schlimm als die geplante Methode. In seinem Fall hat man sich für die italienische entschieden.
Dabei wird das Handgelenk des Patienten mit einer Metallschiene oder einem Gipsverband so an seinem Schädel befestigt, daß sein Bizeps die Stelle berührt, an der die Nase nachwachsen soll. Dann wird die Haut des Bizeps eingeschnitten und fest gegen diese Stelle gedrückt. Nun gilt es abzuwarten, bis das Transplantat durchblutet ist und die Haut von sich aus rosig wird. In dieser Position muß der Patient wochen- oder monatelang Tag und Nacht ausharren, je nachdem, wie lange das entsprechende Stück Haut braucht, bis es mit dem darunter transplantierten Rippenknochen verwächst. Diese Methode ist nicht neu, angeblich wurde sie bereits zweihundert Jahre nach Christus angewandt, um abgestorbene Hautfetzen der Nase wieder zu beleben. Sie hat allerdings einen großen Nachteil: Sie macht eine Hand bewegungsunfähig und somit fürs Kartenspielen nicht verfügbar. Vom Arm ganz zu schweigen, der schräg über dem Gesicht liegt und den größten Teil des Blickfeldes verdeckt. Hinzu kommen die Muskelschmerzen aufgrund der unbequemen Position sowie das ständige Kribbeln im eingeschlafenen Arm. Weil findet dadurch keinen Schlaf, obgleich die Schmerzen, die von seinen anderen Verletzungen herrühren, nachgelassen haben.
Wenn er nachts auf dem Rücken liegt, ähnelt das Dreieck, das von seinem über den Kopf ragenden Arm gebildet wird, den Konturen eines bretonischen Segelschoners auf ruhiger See, der zum Hafen zurückkehrt.

Weil ist anspruchsvoll:
»Ich will nicht irgendeine Nase«, sagt er, »eine echte jüdische Nase muß her.«
Ständig übertreibt er. Ich kann zwar noch nicht einschätzen, inwieweit er uns etwas vormacht, aber eines ist gewiß: Er tut unserer Zimmergemeinschaft gut. Noch vor Ende der Woche, versichert Weil uns, werde er die kleine rothaarige Schwester rumkriegen, die jeden Morgen die Bettpfannen einsammelt. Er ist felsenfest davon überzeugt, daß Charme nicht immer mit Schönheit einhergehen muß, und glaubt allen Ernstes, daß sie sich trotz seines abstoßenden Gesichts in ihn verlieben wird.
Eine Woche später muß er seine Niederlage eingestehen.
»Wahrscheinlich bin ich ihr nicht häßlich genug«, meint er. »Dabei habe ich doch getan, was ich konnte.«
Die Hautverpflanzung ist mißlungen, das Transplantat fing an zu faulen, weil die Haut, die es aufnehmen sollte, zu schwach, zu geschunden, zu stark verbrannt war. Weil muß sich nun mit einer Pappnase begnügen, die wie ein halber Vogelschnabel aussieht. Sie wird als Modell für eine ganze Serie von Kunststoffnasen dienen, bis er eine endgültige Prothese erhält – eine Nase aus dem Material, aus dem man Puppen herstellt. Sie ist farblich der menschlichen Haut sehr ähnlich und wird sich sogar ähnlich anfühlen, ihre makellose Glätte wird sich doch stets vom angeschwollenen Rest des Gesichts abheben, vom fleckigen Teint, der alle Schattierungen von blut- bis kohlefarben aufweist.

Zwei der Kameraden, die zu Beginn des Winters 1914 zu uns gelegt wurden, sind inzwischen gestorben, ohne das Bewußtsein wiedererlangt zu haben. Beide erlagen ihren schweren Hirnverletzungen.

Ende Januar 1915 wurde ein blutjunger Oberleutnant der Infanterie bei uns eingeliefert. Sein Kiefer wurde durch eine Kugel zertrümmert, die ihn unter dem Kinn traf. Die Kugel hatte geradezu spektakuläre Arbeit geleistet, indem sie einen senkrechten Tunnel in sein Gesicht grub, bevor sie aus der Nase wieder heraustrat. Glücklicherweise wurde sein Gehirn nicht in Mitleidenschaft gezogen.
Man hat den neuen Patienten in das Bett links neben Penanster gelegt. Es geht das Gerücht, er habe aus Angst vor dem Feind Selbstmord begehen wollen. Seine ungewöhnliche Gesichtsverletzung scheint dies zu bestätigen. Für mich und meine Kameraden bedeutet Selbstmord Verrat.
Für den frommen Katholiken Penanster ist er eine Todsünde. Deshalb fordert Penanster die Ärzte schriftlich auf, den Oberleutnant in ein anderes Zimmer zu legen. Vergeblich, denn im Lazarett ist nirgendwo anders Platz für ihn. Deshalb drehen wir dem Neuen beim Kartenspiel einfach den Rücken zu.
Zweimal pro Woche kriege ich einen Brief von meiner Familie, und einmal wöchentlich schreibe ich zurück. Wir halten uns an eine Art stillschweigende Vereinbarung, das Wesentliche nicht zu erwähnen und nur Alltägliches und Nebensächliches zu berichten. Die Briefe ähneln solchen, die Kinder aus dem Ferienlager schreiben. Auch sie vermeiden es sorgfältig, den Alltag in der Gruppe zu schildern, und berichten lediglich, wie die Unterkunft beschaffen ist und was es zu essen und zu trinken gibt. Meine sämtlichen Briefe sind nach diesem Muster gestrickt, denn sie haben nur ein Ziel: meine Familie auf Abstand zu halten, ihre Wißbegierde zu zähmen.
Regelmäßig listet meine Mutter für mich auf, von welchen Söhnen die Gemeinde ohne Nachricht ist: Lacassagne, Vegeac, Louradour, Despiesse und die beiden Castelbujas.

Als wir Kinder waren, machte sich die Mutter der beiden Castelbujas über alles Sorgen, was ihre Söhne unternahmen: Sie warnte vor unberechenbaren Pferden, vor Schlangen, die zwischen Steinen lauern, vor den Risiken, die mit dem Klettern auf Bäume verbunden sind. Kurzum, alles, was wir taten, geriet bei ihr zum Drama. Und jedesmal, wenn Bonnard und ich die beiden Brüder nach Hause begleiteten, stand ihre Mutter schon mit Tränen in den Augen in der Haustür und sprach den Satz aus, der uns immer schon vorher zum Lachen brachte:
»Meine armen Kinder, was habe ich um euch gebangt!«
Was diese beiden angeht, bin ich nicht allzu beunruhigt. Sie kommen immer irgendwie zurecht und werden sich schon zu helfen wissen.
Von Bonnard, den ich gebeten habe, sich nach Chabrol zu erkundigen, erfahre ich, daß dieser drei Wochen nach Kriegsbeginn gefallen ist. Wahrscheinlich hatte er seine Feldflasche bis dahin ausgetrunken.
Die Briefe meiner Schwester Pauline werden länger, und ich spüre, daß sie sich große Gedanken macht. Ich weiß, daß sie es gewesen ist, die unsere Cousins aus Nogent-sur-Marne bat, sich im Krankenhaus nach mir zu erkundigen und mich aufzusuchen. Ich habe sie unter dem Vorwand wegschicken lassen, ich bräuchte Ruhe. Nun rechne ich damit, daß Pauline selbst eines schönen Tages bei mir auftaucht. Beinahe bin ich den Deutschen dankbar dafür, daß sie Paris bombardieren, denn die Bomben halten alle, die mich besuchen wollen, fern. Am unteren Rand eines der Briefe von Pauline hat mein Großvater einen Satz hinzugefügt: »Bravo, mein Junge, du machst deiner Familie und deinem Land alle Ehre.«
Mein Knochentransplantat wächst nicht an. Der Chirurg versichert mir, es gebe noch andere Möglichkeiten.

Die Krankenschwester, die Weil einen Korb gegeben hat, nähert sich meinem Bett. Ich halte sie am Arm fest und zeige auf meine Tafel. Sie wartet geduldig, während ich schreibe:

»*Möchten Sie etwas sehen, was Sie bei keinem anderen Mann zu sehen bekommen?*«

Ich presse mit der einen Hand das Bettuch ganz eng an meinen Körper und sehe, daß sie puterrot wird. Dann blicke ich ihr direkt in die Augen.

Und strecke ihr durch die Nase die Zunge heraus. Selbst Penanster muß mit seinem gesunden Auge lächeln. Die Schwester ergreift die Flucht.

Zum ersten Mal habe ich einen Rundgang auf dem Flur unserer Etage gemacht. Allein. Ich bin nur ein paar Schwestern begegnet, die ich kenne. Schwestern, die mich noch nie gesehen haben, konnten meinen Anblick nicht ertragen und sind rechtzeitig ausgewichen.

Ich habe mich zum Fenster begeben, das auf den Boulevard Port-Royal hinausgeht: Straßenbahnen, Droschken, ein paar Autos, einen Mann, der stolz eine junge, blonde, elegant gekleidete Frau am Arm führt, ein eilig ausschreitender junger Mann, der seinen Stock herumwirbelt, Kinder, die hinter einer schrecklich aufgeregten Gouvernante herlaufen. Eine Gruppe junger Leute, die sich gegenseitig Komplimente zu machen scheint. Das Leben auf der Straße plätschert dahin, unbeirrt vom Getöse der Front.

Es ist also möglich, zwanzig, kein Soldat und unversehrt zu sein. Diese Leute da draußen haben mit mir nichts mehr zu tun, ich fühle mich hier, unter meinen Kameraden, viel wohler. Mit kleinen Schritten kehre ich ins Zimmer zurück; mir ist ganz schwindlig von der vielen Luft im Flur.

Der Chirurg ist von der Notwendigkeit einer zweiten

Transplantation überzeugt. Mein Unterkiefer läßt sich wieder bewegen. Wenn jetzt die Zunge oben noch auf einen gaumenähnlichen Widerstand träfe, könnte ich wieder anfangen zu sprechen.
Die äußerlichen Wunden in meinem Gesicht verheilen gut. Die Krankenschwester führt mich in einen Raum, in dem Abdrücke von Gesichtern genommen werden. Auch von meinem Gesicht soll ein Abdruck gemacht werden. Warum, weiß ich nicht, will es auch nicht wissen.
Als ich eintrete, packt mich Entsetzen. Etwa dreißig entstellte Gesichter hängen an der Wand wie Trophäen eines Kriegerstammes. Der Anblick all dieser Mißbildungen an der weißen Wand ist stärker als ich. Ich weiche zurück, als sei mir ein böser Geist erschienen, und eile ins Zimmer, wo Penanster und Weil mich schon erwarten, um eine Partie Karten mit mir zu spielen. Sie haben das Fenster weit geöffnet, und die Luft, die hereinströmt, verheißt uns milde Tage.
Auf dem Bett liegt ein Brief von meiner Mutter. Ich habe immer die Befürchtung, daß sie die Wahrheit erfahren hat. Aber nein, sie schreibt, ich solle mich gut ernähren, empfiehlt mir, viel Käse zu essen, der sei gut für die Knochen. Am Schluß erwähnt sie, man habe die beiden Brüder Castelbujas doch gefunden, im Abstand von zwei Tagen. Beide tot.

In unserem Zimmer war ich der erste Verwundete. Ich habe innerhalb von dreizehn Monaten viele Kameraden vorbeiziehen sehen. Einige haben uns ebenso lautlos verlassen, wie sie gekommen sind. Andere sind zu ihrer Familie zurückgekehrt, nachdem man sie notdürftig wiederhergestellt waren. Zum Abschied haben sie uns versprochen, zu schreiben, um uns über die Entwicklungen draußen in der Welt zu berichten. Sie haben Wort gehalten.

Über ein Jahr schon sind wir nun in diesem Zimmer untergebracht, und wenn wir es verlassen, dann nur, um mit kleinen Schritten schüchtern über den kreisförmigen Flur zu tappen.

Kein Geräusch außer dem Stöhnen der Verwundeten ist an unsere Ohren gedrungen.

In dieser Zeit hat jeder von uns siebenhundertfünfundachtzig Tassen Suppe mit Hackfleischbröckchen geleert, und unser fast nicht mehr vorhandener Geruchssinn konnte lediglich vom Äther kurzfristig reaktiviert werden.

Wir haben uns in der Sprache der Fische verständigt.

Wir sind vielen hübschen jungen Frauen begegnet, die von uns nicht mehr wahrgenommen haben als unsere Sitzungen auf der Bettpfanne, unseren von inneren Verletzungen herrührenden schlechten Atem, den affenähnlichen Ausdruck unserer entstellten Züge, das fratzenhafte Grinsen, das sich auf unseren vom Stahl zerfetzten Gesichtern trotz der verheerenden Schmerzen abzeichnet.

Einige von uns haben mit Gott gehadert, weil Er gerade sie dazu ausersehen hat, einen derartigen Verlust der Identität zu durchleiden, andere haben sich an Ihn gewandt, damit er ihre zerrüttete Seele wieder aufrichten möge. Wir alle haben die Deutschen verflucht, und alle waren wir überzeugt davon, daß unser Opfer nicht umsonst war.

Ein Tag glich dem anderen, auch wenn wir uns bemühten, unserem abgeschiedenen Dasein gelegentlich etwas Abwechslung zu verschaffen. Ein klösterliches Leben, in dem Schmerz an die Stelle von Frömmigkeit getreten war. Das gleiche Maß an Entsagung. Der ewig gleiche, reglementierte Tagesablauf, der sowohl beruhigend als auch bedrückend ist.

Die Vorstellungswelt eines Kriegsversehrten, der wegen seiner Verwundungen monatelang im Militärhospital ausharren muß, beschränkt sich auf einige wenige Dinge; die Gedanken sind ohne Tiefgang und würden von anderen gewiß als zwanghaft empfunden. Wir waren in erster Linie darum bemüht, alles aus unserem Bewußtsein zu tilgen, was an unser früheres Leben und seine Gefühlswelt erinnerte. Außerdem versagten wir es uns, Zukunftspläne zu schmieden. Unsere Zukunft reichte nicht weiter als bis zum nächsten Tag und zu den kleinen Fortschritten, die wir beim Kauen oder Sprechen zu verzeichnen hatten. Lange bevor wir in der Lage waren, uns zu dritt untereinander zu verständigen, hatte sich zwischen Penanster, Weil und mir eine tiefe Freundschaft angebahnt.

Endlich kam der Tag, an dem die Ärzte die Grundlage für solide genug hielten, um mir eine Prothese einzusetzen. Sie bestand aus einem Stück Gummi, das mir als Gaumen dienen sollte, als behelfsmäßige Scheidewand zwischen Mund und Nasennebenhöhlen. Die Luft konnte jetzt wieder normal zirkulieren. Und meine Zunge fand eine Stütze, die es mir ermöglichte, allmählich verständliche Sätze zu formulieren. Erst etliche Wochen später allerdings ließ sich die Prothese richtig befestigen, zunächst diente sie nur als Provisorium. Nachts rutschte das Stück Gummi manchmal nach unten und behinderte meine Atmung. Zermürbt von den daraus resultierenden Erstickungsanfällen, entledigte ich mich dieser Maßanfertigung, indem ich sie kurzerhand ausspuckte. Sie landete mal auf der einen, mal auf der anderen Seite des Bettes. Am nächsten Morgen ging ich wieder in den Behandlungsraum, wo man sie mir erneut einsetzte und mich schwören ließ, die »Gaumenschüsse« in Zukunft zu unterlassen.

Das kleine Stück Gummi half mir besonders beim Artikulieren der Laute *t* und *d*. Für die Aussprache aller anderen Laute, die bisher irgendwo in der Luft verpufft waren, verfügte ich nun über einen geschlossenen Hohlraum. Einige Monate später, nachdem man mir an Unter- und Oberkiefer eine Zahnprothese befestigt hatte, konnte ich auch das *s* wieder hörbar machen. Nun, da alles zum Besten zu stehen schien, nahm man mir den künstlichen Gaumen jedoch wieder ab, weil er eine Zahnfleischentzündung verursacht hatte. Man empfahl mir, ihn nur für längere Gespräche einzusetzen und die übrige Zeit ohne ihn auszukommen. Das hatte unter uns Kameraden merkwürdige Rituale zur Folge. Ich unterhielt mich besonders gern ausführlich mit einem Brückenbauingenieur. Er war auf dem rechten Ohr vollkommen taub, und auf dem linken hörte er nur mittels eines Hörrohrs. Wenn einer von uns das Bedürfnis nach einer anspruchsvolleren Konversation verspürte, tat er das dem anderen kund, indem er mit dem Finger auf den Mund zeigte. Woraufhin ich meinen Behelfsgaumen befestigte und er sein Hörrohr ans linke Ohr hielt. So unterhielten wir uns mit einer Konzentration, die man bei Menschen, denen die Worte mühelos über die Lippen kommen, nur selten findet.

Weil schlug immer wieder über die Stränge. Obwohl er

große Schwierigkeiten mit dem Sprechen hatte, war er ständig darum bemüht, unseren Alltag durch witzige Bemerkungen aufzuheitern.

Penansters Aussprache war schon fast wieder normal, aber es lag nicht in seiner Natur, Nutzen daraus zu ziehen. Er ging auch weiterhin äußerst sparsam mit Worten um, so, als stünde ihm nur eine begrenzte Anzahl zur Verfügung.

Ein jüdischer Pilot, ein frömmelnder bretonischer Adliger und ein aus der Dordogne stammender atheistischer Republikaner: Später habe ich mich oft gefragt, was die Basis unserer engen Freundschaft gewesen sein mag. Die erzwungene Gemeinschaft war es wohl nicht, denn die Enge hätte unser Zusammenleben auch unerträglich machen können. Natürlich brachten die Verletzungen uns einander näher. Vor und nach jeder Operation standen wir uns gegenseitig bei – eine Art von Solidarität, die auch unter den anderen Zimmergenossen und den einfachen Soldaten im Erdgeschoß zu beobachten war.

Was uns drei seit den ersten Kriegswochen vor allem verband, war vielmehr unser stillschweigendes Einvernehmen, auf jegliche Form der Nabelschau zu verzichten, nie der Versuchung zu erliegen, über unser zerstörtes Leben nachzusinnen, keine Verbitterung aufkommen zu lassen und uns vor jenem Wechselbad der Gefühle zu hüten, das sich aus der Resignation einerseits und der Egozentrik von Märtyrern andererseits speist.

Weil, der gerne neugierig auf den Fluren herumtigerte, hatte die Entdeckung gemacht, daß man in der Nähe des noch fast leeren Zimmers für die höheren Offiziere – es war von nur drei Patienten belegt – einen Raum hergerichtet hatte, der kaum größer war als eine Besenkammer. Von dem Flur aus, auf dem wir täglich unseren kleinen Rundgang machten, konnten wir das heimlichtuerische Gebaren der Schwestern beobachten. Nach ein paar Monaten fand Weil heraus, daß in dem Kämmerchen eine Frau lag.

In der Dämmerung eines der ersten Sommerabende des Jahres 1916 sahen wir sie zum ersten Mal. Sie war schlank, und der Lichtstrahl, der von draußen hereinfiel, verlieh ihrem Haar einen schimmernden Glanz. Einen Moment blieb sie mit dem Rücken zu uns am Fenster stehen und blickte regungslos hinaus. Als sie sich umdrehte, um in ihr Zimmer zurückzukehren, stand sie uns plötzlich gegenüber, und wir erkannten, daß sie eine von uns war.

An jenem Abend setzten wir uns ohne rechte Lust an unseren zum Spieltisch umgewandelten Hocker. Penanster gab die Partie schneller auf als sonst, und Weil legte sich zu Bett, wortlos, was ihm gar nicht ähnlich sah.

Mir gingen die schöne glatte Stirn und die blauen Augen über den traurigen Resten eines vom Krieg der Männer zerstörten Gesichts nicht mehr aus dem Sinn.

Nach unserer ersten Begegnung auf dem Flur sahen wir sie lange nicht mehr. Wahrscheinlich verließ sie ihr Zimmer nun zu einer anderen Zeit, um auf den Boulevard Port-Royal hinunterzublicken.

Diese Frau beschäftigte uns mehr, als wir es uns gegenseitig eingestehen wollten. Wir Männer führten diesen Krieg für unsere Frauen und Kinder, und die Tatsache, daß in diesem Militärhospital eine verwundete Frau lag, weckte in uns ein doppelt schlechtes Gewissen: Unsere Mission war gescheitert, und wir mußten ohnmächtig mit ansehen, daß wir den Feind, der uns diesen Krieg aufgezwungen hatte, nicht bestrafen konnten.

Wir wußten, daß wir die Unbekannte, sollten wir ihr gemeinsam gegenübertreten, gewiß erschrecken würden, und auch mit einem offizielleren Schritt – durch Vermittlung der Schwestern etwa – riskierten wir, daß sie auf Distanz gehen würde.

Schließlich kamen wir überein, daß Penanster sie aufsuchen sollte, der trotz seiner Verletzung sein distinguiertes Aussehen bewahrt hatte. Sein Antlitz war zwar fast ebenso verstümmelt wie die unseren, aber seine rechte Gesichtshälfte war beinahe unversehrt, was uns mit Neid erfüllte, denn so ließ sich wenigstens noch erahnen, wie er vor seiner Verwundung ausgesehen haben mochte.

Wir waren sicher, daß unser Anblick die Frau nur erschrecken würde. Wie in einem Spiegel würden wir ihr das eigene Unglück vor Augen führen. Gewiß würde sie sogleich die Flucht ergreifen. Doch als sie, nachdem wir tagelang auf der Lauer gelegen hatten, endlich wieder ihr Zimmer verließ und sich plötzlich Penanster gegenübersah, entzog sie sich keineswegs.

»Wir haben einen Offiziersclub gegründet«, erklärte er ihr, »der zur Zeit aus drei aktiven Mitgliedern besteht. Da uns noch eine Frau fehlt, wollte ich Sie fragen, ob Sie nicht beitreten möchten.«

Sie blickte ihn freundlich an. Das Lächeln, das ihren unversehrt gebliebenen Mund umspielte, war so rein und makellos wie ihre Augen und ihre Stirn. Ihr Gesicht erinnerte an ein Blumenbeet, das man in der Mitte niedergetrampelt hatte. Zerstört waren Nase und Wangenknochen. Als Penanster weitersprach, lächelte sie noch immer, es war das Lächeln eines Menschen, der ganz in seiner eigenen Welt lebt.

Da begriff Penanster, daß ihr Gehör zerstört, daß sie taub war und die Worte von seinen Lippen ablas. Auch sein Mund war unversehrt geblieben, und so vermochte er die Worte mit den Lippen zu formen. Weder Weil noch ich würden sich je mit ihr unterhalten können, die Bewegungen unserer Lippen hatten jede Bedeutung verloren, sie würde die von uns geformten Laute nie verstehen können.

Penanster fragte sie bei diesem ersten Gespräch, wieso sie sich in unserem Lazarett aufhalte. Mit sanfter Stimme, die ihre Verstümmelung noch himmelschreiender wirken ließ, erzählte sie uns, wie es dazu gekommen war. Verblüfft und befangen lauschten wir der Erzählung dieser faszinierenden Frau.

Gegen Ende 1915 waren Krankenschwestern rar. Marguerite, die sich nutzlos vorkam, meldete sich freiwillig zum Sanitätsdienst. Ihr Vater war ein wohlhabender Juwelier, und da sie äußerst attraktiv war, mangelte es ihr nicht an Verehrern. Die Männer, die ihr den Hof machten, waren alle als dienstuntauglich eingestuft oder hatten sich vor dem Militärdienst gedrückt. Sie aber sehnte sich nach einem beherzten Mann.

Zunächst wurde sie in ein Lazarett im Hinterland beordert, wo ihre Schönheit sowohl den genesenden Soldaten als auch den Ärzten so sehr den Kopf verdrehte, daß sie es dort bald nicht mehr aushielt. Ohne sich recht vorstellen zu können, was auf sie zukäme, brachte Marguerite einen Offizier, den sie abgewiesen hatte, dazu, sie zu einer Sanitätseinheit an die Front zu versetzen.

Marguerite kannte keine Angst und war nicht zimperlich, doch mit den Gegebenheiten an der Front konfrontiert, vermochte sie in den ersten zwei Tagen nichts anderes als zu weinen und sich ständig zu übergeben: abgerissene Gliedmaßen, durchgeschnittene Kehlen, aufgeschlitzte Leiber, wie Pakete aufeinandergestapelt. Am dritten Tag brachten die scharfen Zurechtweisungen des Chefarztes ihre Tränen zum Versiegen. Am vierten Tag traf eine deutsche Granate das große Zelt, in dem gerade eine Beinamputation vorgenommen wurde. Marguerite reichte die Instrumente an.

Die Druckwelle riß die Verwundeten und die Pfleger mit sich: Alle wurden getötet. Nur Marguerite überlebte, entstellt und taub.

Unsere ganze Aufmerksamkeit konzentrierte sich von nun an auf sie. Wenn wir mit ihr sprechen wollten, wandten wir uns an Penanster, der ihr unsere Worte mit langsamen Mundbewegungen wiederholte. Wie es häufig bei tauben Menschen der Fall ist, befürchtete sie, zu laut zu sprechen. Wir hingegen konnten nicht genug bekommen von ihrer sanften Stimme, die sich so wohltuend von unserem Gegrunze abhob. Marguerite war aus unserer Gemeinschaft bald nicht mehr wegzudenken, auch wenn unsere täglichen Begegnungen nur kurz waren.

Marguerite hatte ihre Familie nicht über das Geschehene informiert, hatte nie geschrieben. Schließlich war es ihren Eltern doch gelungen, sie zu finden. Sie aber weigerte sich, sie zu sehen. Als die Eltern ihre Tochter dennoch besuchen kamen, bat sie Penanster, ihnen mitzuteilen, daß sie nicht mit ihnen sprechen wolle. Als Marguerites Vater ihn hochmütig nach dem Grund für ihre Weigerung fragte, antwortete Penanster, er wisse es nicht. Er spürte, daß die beiden Brüder, die ebenfalls gekommen waren, Marguerites Entscheidung mit Erleichterung aufnahmen – vor allem der eine der beiden, dessen rosiges Drückebergergesicht sich auffällig vom fahlen Teint des anderen unterschied, der unablässig hustete. Penanster starrte wie gebannt auf das Gesicht von Marguerites Mutter. Schließlich löste sein beharrlicher Blick Unbehagen in ihr aus. Sie konnte ja nicht ahnen, daß er ihre Gesichtszüge erforschte, um sich eine Vorstellung von der unwiederbringlich verlorenen Schönheit ihrer Tochter machen zu können. Er sah, daß ihre Proportionen von vergleichbarer Ebenmäßigkeit waren, fand aber in den Zügen der Mutter keine Spur jener Güte, die selbst die verheerenden Verletzungen nicht aus Marguerites Antlitz hatten löschen können. Schließlich empfahl Penanster sich und kehrte diesen selbstgerechten Bürgern den Rücken zu – Figuren wie aus einem mittelmäßigen Boulevardstück.

Louis Levauchelle war im November 1915 zu uns gekommen. Seine Verwundungen ähnelten den meinen und denen vieler anderer Patienten auf unserer Station: ein Loch mitten im Gesicht, so als wäre die Haut nach innen gesogen worden. Er hatte bereits in weniger guten Kliniken drei Transplantationsversuche hinter sich gebracht. Man hatte ihm Knochen vom Schwein und vom Kalb eingesetzt. Ohne Erfolg. Levauchelle war häufig unser vierter Mann beim Kartenspiel.

Neben seinem Bett standen Fotos von seiner Frau und den beiden Söhnen. Diese Bilder hatten ihn während seiner ganzen Militärzeit begleitet.

In den ersten Monaten nach Kriegsausbruch drängte die Heeresführung alle Gesichtsverletzten dazu, ihre Krankenzimmer auch dann nicht zu verlassen, wenn ihr Zustand ihnen dies erlaubt hätte. Man fürchtete, der Anblick der Verwundeten könnte die Bevölkerung demoralisieren, da sich abzeichnete, daß der Krieg länger als geplant dauern und immer größeren Einsatz erfordern würde. Eine Besuchserlaubnis erteilte man nur in Ausnahmefällen. Wer sie erhielt, der mußte sich in einem Sprechzimmer im Erdgeschoß einfinden, das mit seinen zwei Schreibtischen und vier Stühlen wie der Klassenraum eines Pariser Gymnasiums zur Prüfungszeit anmutete.

Levauchelle schrieb seiner Familie regelmäßig, aber wie alle anderen hatte auch er nie den Mut gehabt, ihnen die Wahrheit über seinen Zustand zu gestehen.

Der erste Besuch seiner Frau und seiner Kinder fand am 21. Juni 1916 statt, zum Sommeranfang.

Am Morgen davor hatte mich Levauchelle um Rat gefragt, was er mit seinem Gesicht machen solle. Er schwankte, ob er den kompletten Kopfverband oder eine schwarze Binde anlegen oder aber seine Verwundungen unverdeckt lassen sollte. Ich riet ihm zur schwarzen Binde, in der Annahme, daß das seinen Anblick noch am ehesten erträglich mache. Er war aufgeregt wie ein kleines Kind.

Ich sehe ihn noch vor mir, wie er nach dem Besuch zurück ins Zimmer kam. Als er vor mir stand, brach er an meiner Schulter zusammen. Da er nicht fähig war zu sprechen, ließ er sich auf sein Bett fallen. Weil und ich blieben neben ihm sitzen, bis es dunkel wurde, wir fühlten uns ohnmächtig und nutzlos.

Am nächsten Morgen ging ich gleich zu Levauchelles Bett, wußte ich doch, daß das Aufwachen nach einem solchen Tag der schwierigste Moment ist. Wäre meine Nase noch intakt gewesen, so hätte mich der Geruch von Blut gewarnt: Levauchelle hatte sich das Leben genommen.

Am Vortag hatte er eine Schwester gebeten, ihm eine Tüte Bonbons für seine Kinder zu besorgen. Da sie seine Unsicherheit gespürt hatte, hatte sie angeboten, ihn zum Besuchszimmer zu begleiten.

Weder seine Frau noch seine Kinder hatten ihn erkannt. Der ältere Sohn war vor ihm weggelaufen und hatte gerufen: »Nicht mein Papa, nicht mein Papa!« Seine Frau hatte die Kinder bei der Hand genommen und ihm versprochen zurückzukommen, sobald er wieder »ansehnlicher« wäre.

In der Kapelle des Krankenhauses wurde für Louis eine Messe gelesen. Vier Zimmergenossen, die sich trotz ihrer Verletzungen auf den Beinen halten konnten, nahmen daran teil. Der Priester sprach mit monotoner Stimme. Wie lange schon mußte er eine Totenmesse nach der anderen abhalten?

Von Penanster erfuhr ich, daß er den Priester förmlich hatte bedrängen müssen, bis dieser schließlich einwilligte, eine Messe für einen Selbstmörder zu lesen. Mitten im Gottesdienst erschien Marguerite und kniete in der letzten Reihe nieder. Ihr Gesicht war von einem Seidenschal verhüllt.

Nach der Messe gingen wir zusammen hinaus. Penanster, der vor uns herlief, blieb plötzlich stehen, drehte sich um und ließ uns alle schwören, daß keiner von uns seinem Leben je selbst ein Ende setzen würde. Louis' sterbliche Überreste wurden zur Bestattung nach Marnes-la-Coquette gebracht. Es gibt Orte auf dieser Welt, deren Namen zuweilen voll bitterer Ironie stecken.

Weil schlug vor, daß wir für den 14. Juli, den Nationalfeiertag, ein Ausgangsgesuch stellen sollten. Die Idee weckte keinerlei Begeisterung in mir. Und für Marguerite war es ohnehin noch viel zu früh. Penanster meinte jedoch, es sei an der Zeit, sich der Welt zu stellen.

Die Frage, was wir anziehen sollten, war schnell entschie-

den: Wir würden Uniform tragen und unsere Wunden hinter Binden verbergen. Ich war wieder in Besitz meiner Militärsachen. Zu meiner großen Überraschung hatten sie die Wäscherei des Krankenhauses in makellosem Zustand verlassen, während ich davon ausgegangen war, daß sie ebenso schlimm zugerichtet wären wie ich. Penanster lieh sich die Uniform eines Kavallerieoffiziers aus dem ersten Stock aus. Da für Weil keine Fliegermontur aufzutreiben war, mußte er sich mit der Uniform eines Infanteriehauptmanns begnügen. Die Ärmel seines Rocks bedeckten die Arme nur halb, und die Hose reichte gerade bis zum Knöchel.
Der Trupp der Gestrandeten setzte sich gegen elf Uhr morgens in Bewegung. Ich erinnere mich nicht, jemals verzagter in meinem Leben gewesen zu sein, nicht einmal vor den schwersten Operationen. Mich schwindelte vor Angst, gerade so, als hätte man mir befohlen, Paris von einem Dach zum anderen springend zu durchqueren.
Auf unserem Weg entlang der Seine ging Penanster, gewiß der ansehnlichste von uns dreien, mit hoch erhobenem Kopf voran. Hinter ihm lief Weil und blickte stur geradeaus. Ich bildete das Schlußlicht und richtete meinen Blick eisern auf die Kanaldeckel.
Der Himmel war von einem verwaschenen Blau, ein sanfter Wind umwehte uns.
Ein alter Mann, der von seinem Morgenspaziergang zurückkehrte, blieb auf der Schwelle seines Wohnhauses stehen. Langsam ließ er seinen Blick über uns gleiten, dann lüpfte er den Hut zum Gruß.
Mich machte die frische Luft ganz benommen.
Paris wirkte wie ausgestorben. Nur ein paar Frauen und ältere Leute waren zu sehen, alle anderen schienen verreist zu sein.
Etwa fünfzig Meter vor uns kam eine Schar Kinder in Be-

gleitung einer blonden jungen Frau auf uns zu. Ich hielt es für besser, unser Vorhaben abzubrechen und gab deshalb meinen Kameraden wortlos ein Zeichen. Aber Weil war wild entschlossen, Croissants zu kaufen. Wir versuchten, ihm klarzumachen, daß schon Brot schwer zu bekommen wäre, doch er blieb hartnäckig, so, als wollte er unserem Spaziergang ein Ziel geben. An einer Ecke des Boulevards gab es eine Bäckerei. Die Auslagen waren leer; die Verkäuferin rieb gerade ihre Verkaufsflächen blank und kehrte uns den Rücken zu. Weil ging als erster hinein, wir folgten ihm auf den Fersen, hingen an ihm wie Waggons an einer Lokomotive. Die Frau drehte sich um. Mit vor Schreck weit aufgerissenen Augen ließ sie ihren Lappen und einen Laib Schwarzbrot fallen, den sie in der anderen Hand gehalten hatte. Das Brot rollte ein Stück weg und blieb zu Weils Füßen liegen. Ohne ihm die Chance zu geben, es aufzuheben, bückte sie sich schnell, um es wieder an sich zu nehmen. Dabei kam sie mir vor wie eine Mutter, die ihr Kind den Händen eines Fremden zu entreißen sucht. Mit dem Brot im Arm zog sie sich rückwärts hinter ihre Ladentheke zurück. Penanster trat beherzt vor, tat so, als hätte er ihr Entsetzen nicht bemerkt, und verlangte höflich: »Drei Croissants, bitte.«

»Croissants, Croissants! Sie sind wohl nicht ganz bei Trost!« rief sie. »Ich habe gerade mal zwei Laibe Schwarzbrot, die sind aber schon verkauft.«

Dann musterte sie uns nochmals argwöhnisch und murmelte:

»Wenigstens seid ihr keine Deutschen, oder?«

Wir machten auf dem Absatz kehrt. Weil brach in schallendes Gelächter aus. Ich zitterte, als hätte mich eine Kältewelle erfaßt, und flehte meine Freunde an, schleunigst zurückzugehen. Penanster und Weil kamen mit.

Als ich sie ein wenig später aufforderte, doch ohne mich noch einmal loszumarschieren, schlugen sie stattdessen vor, eine Runde Karten zu spielen, da ich sie am Vorabend ordentlich gerupft hätte und ihnen nach Revanche zumute sei.
Wir haben unser Scheitern mit keinem Wort je wieder erwähnt.

Das Leben vor dem Zeitpunkt unserer Einberufung war für uns ohne Belang.
Weil erzählte oft, in welchen Rausch ihn das Überfliegen der deutschen Stellungen versetzt hätte. Manchmal, wenn eine feindliche Maschine gemeldet wurde und er sich in die Pilotenkanzel setzte, habe er das Zittern seiner Glieder nicht beherrschen können. Seine Angst legte sich jedoch schlagartig, sobald der Propeller sich zu drehen begann. In der Luft fühlte er sich unbesiegbar, das Dasein nahm unwirkliche Züge an. Und auch jetzt hatte er nur einen Wunsch: wieder zu fliegen.
Ich mochte es, wenn er von seinen Erlebnissen aus der Vogelperspektive berichtete und damit auch uns die Gelegenheit bot, unsere Gedanken und Träume fliegen zu lassen. Es machte ihm Freude, uns diesen Rausch – ausgelöst durch das Gefühl, unsterblich zu sein – nahezubringen.
Ein einziges Mal nur habe ich Bitterkeit aus seinen Worten herausgehört: Es war Mittagsruhe und wir saßen zusammen in einem Bett – der eine am Kopfende, der andere am Fußende, die Füße auf den Gitterstäben und den Blick zur Decke gerichtet.
»Weißt du, was man unter einem Raben im Adlerhorst versteht?« erkundigte er sich in einem Ton, den ich von ihm nicht kannte.
Da ich schwieg, gab er selbst die Antwort:

»Einen Juden bei der französischen Luftwaffe.«
Er spürte wohl, wie verlegen mich seine Antwort machte, und erklärte:
»Das größte Privileg des Fliegers besteht darin, daß er das Recht auf einen individuellen Tod besitzt. Infanteristen sterben in der Masse. Die Mitglieder dieses elitären Vereins der Flieger mögen es nicht, wenn ihnen eine schwarze Katze über den Weg läuft, auch wenn die vielleicht nicht weniger Deutsche zur Strecke gebracht hat als sie selber. Keiner dieser guten Herren hat sich je nach mir erkundigt. Ist doch seltsam, oder?«
»Meinst du nicht, es liegt eher daran, daß du nicht bei der Kavallerie bist?«
»Vielleicht hast du ja recht.«

Penanster verbrachte viele Stunden über seinen Geschichtsbüchern. Wenn er nicht gerade las und von niemandem zum Kartenspiel aufgefordert wurde, formte er aus einem Stück Eschenholz, das ihm der Vater eines unserer Zimmergenossen beschafft hatte, eine Muttergottes-Figur.
Sein Gottvertrauen ließ mir keine Ruhe. Es fiel mir schwer zu begreifen, wie man einem Gott danken konnte, der uns in eine dermaßen erbarmungswürdige Lage gebracht hatte. Eines Tages, als wir eine Runde auf dem Flur drehten, vertraute ich ihm meine Gedanken an. Seine Antwort klang so, als wollte er das Leben, das er vor dem Krieg geführt hatte, mit Sinn erfüllen: Die Dinge an sich bedeuteten nichts, sofern man sie nicht in einen logischen Zusammenhang stelle. Penanster verstand es zweifellos besser als irgend jemand sonst, Ursache und Wirkung miteinander zu verknüpfen. Das war auch der Grund dafür, daß seine Urteile oft so unerbittlich ausfielen. Doch trotz der ausge-

prägten Strenge seiner Überzeugungen hatte er großen Respekt vor der Meinung anderer.
Seine frühe Jugend kam ihm im Rückblick ebenso hart vor wie der Granit des elterlichen Landsitzes. Seinem Vater, einem Kapitänleutnant, war das Unglück widerfahren, daß sein Schiff an einem nebligen Morgen im Chinesischen Meer von einem mit Kautschuk beladenen Frachter gerammt worden war. Fünfzehn Stunden lang hatte er, an ein Stück Holz geklammert, ausgeharrt, bevor ihn eine Fischerdschunke aufnahm.
Sechs Monate lang galt er als vermißt, und seine Familie war in tiefer Trauer um ihn. Seine Frau verfiel in Schwermut, nichts konnte sie mehr aufheitern. Zu ihrer großen Überraschung erfuhr die Familie, daß er noch am Leben war. Ein Schiff der Handelsmarine brachte ihn zum Hafen von Lorient zurück. Fünfundzwanzig Tage später starb der Vater an einer Lungenentzündung, ausgelöst durch ein paar verpestete Tropfen warmen Monsunregens. Darüber verlor seine Frau den Verstand. Penanster war damals gerade sechzehn Jahre alt.
Ich begriff, daß es einen Glauben gibt, der keinerlei Ähnlichkeit hat mit der Frömmigkeit, die ich bis dahin gekannt hatte. Penanster ersuchte nicht um göttlichen Schutz, sein Verhältnis zu seinem Schöpfer hatte nichts von einer Schüler-Lehrer-Beziehung. Er unterschied zwischen Gläubigen, zu denen er sich zählte, und Abergläubischen. »Erstere geben einfach«, sagte er. »Letztere geben, um etwas zu bekommen.« Er war der Überzeugung, daß die Menschen mit ihrer ewigen Suche nach Sicherheit in ihr Verderben rennen. Gott habe ihnen einen Grad an Bewußtsein verliehen, der es ihnen erlaube, die großen Fragen zu verstehen. Nie aber habe der Schöpfer den Menschen die Aufgabe zugedacht, diese Fragen auch zu beant-

worten, war er sich selbst vorbehalten habe. Penanster bezeichnete diese Anmaßung der Menschen als das große Mißverständnis. Durch seine Worte bekam der Glaube für mich einen völlig anderen Sinn als den, den ich im Religionsunterricht und durch das Gebaren frommer Menschen während meiner Kindheit erfahren hatte.
Doch für mich war es inzwischen zu spät.
Als mein Vater vor fünf Jahren spürte, daß seine letzte Stunde nahte, ließ er meine Schwester und mich rufen, damit wir mit ihm auf seinen Abschied anstoßen. Ich war in den Keller hinuntergestürzt, um eine Flasche Champagner zu holen, und wußte genau, daß der erste Schluck sein Ende besiegeln würde. Als er das Glas an seine Lippen führte, war ihm zweifellos bewußt, daß er uns nie wieder begegnen würde, weder in dieser noch in irgendeiner anderen Welt. Bis zum allerletzten Moment glaubte ich, er würde den Priester holen lassen, dessen Messe meine Mutter zweimal täglich besuchte. Nichts dergleichen, er entschlief, ohne einen einzigen Gedanken ans ewige Leben verschwendet zu haben. Er hatte sein Ende mit seinen Kindern gefeiert, ohne ihnen die geringste Hoffnung auf ein Wiedersehen zu machen.
Nicht glauben war für ihn die vollendete Form einer Geisteshaltung, zu der er uns den Weg wies, und mich dem Glauben damit für immer entzog.

Auch wenn die Zukunft in unseren Gesprächen keine Rolle spielte, fing ich doch allmählich an, darüber nachzudenken, wie es weitergehen könnte. Das, was vor uns lag, würde wahrscheinlich nicht weniger schmerzhaft sein als die Vergangenheit. Eher schmerzhafter. Die Vergangenheit hatte in uns eingeschlagen wie der Blitz in einen festverwurzelten Baum. Die Zukunft näherte sich uns mit den schleppenden Schritten eines Greises. Am meisten fürchteten wir uns vor der unmittelbaren Zukunft. Irgendwann in absehbarer Zeit würden wir uns dazu durchringen müssen, in die Welt zu treten. Obwohl Penanster und Weil über meine Reaktion anläßlich unseres ersten Ausgangs insgeheim erleichtert waren, stand fest, daß wir einen weiteren Versuch würden unternehmen müssen. Den Zeitpunkt schoben wir unter dem Vorwand hinaus, daß ganze Zugladungen von Verwundeten aus Verdun bei uns eintrafen, die unseren Einsatz forderten. Die Aufnahmekapazität der Station für Gesichts- und Kieferverwundete war verdoppelt worden. Wir hatten also genug zu tun. Jede Woche versuchte ein anderer Kamerad, sich das Leben zu nehmen, indem er sich die Pulsadern aufschnitt oder an der Toilettenspülung aufknüpfte. Wir, die wir schon lange da waren, mußten den armen Kerlen, die ihr Augenlicht, ihr Gehör oder ihren Gleichgewichtssinn verloren hatten, klarmachen, daß es genügend gute Gründe dafür gab, weiterzuleben. Früher oder später würden sie allerdings auch begreifen müssen, daß sie nicht nur ihren Geschmacks- oder Geruchssinn, ihr Gehör oder Augenlicht verloren hatten, sondern auch die Aussicht auf eine Frau.

Penanster, der mit jedem Wort, jeder Geste seine Standhaftigkeit unter Beweis stellte, imponierte den neuen Patienten, die nicht selten dabei waren, in Selbstmitleid zu ertrinken, und Weil brachte mit seinen Scherzen selbst diejenigen zum Lachen, die keinen Mund mehr hatten. Er verkündete beispielsweise, daß er gegen die Gesundheitsbehörde prozessieren werde, weil man ihm eine angemalte provisorische Aluminiumnase verpaßt hätte, die so gerade sei wie die Nase einer Betschwester.

Am meisten erheiterte er sein Publikum jedoch mit der Geschichte von einem Oberstleutnant und Sohn eines Abgeordneten, der leicht an der Wange verletzt worden war und um ein Einzelzimmer gebeten hatte – was man ihm selbstverständlich verweigerte. Jeder fragte sich, warum er mit einer Verletzung, kaum schlimmer als der Kratzer von einem Brombeerzweig, im Lazarett lag. Er mußte doch Sehnsucht nach Frauen haben. Dieser Lazarettinsasse aber hatte herausgefunden, daß oben in der Wand ein großes Loch den Blick auf die Toiletten der Krankenschwestern freigab. Eines Tages kletterte er aufs Klobecken, stellte sich auf die Zehenspitzen und ließ plötzlich einen markerschütternden Schrei los. Der Oberstleutnant war in die Kloschüssel gerutscht und hatte sich dabei den Fuß gebrochen!

Wie eine Katze schlich Weil von einem Bett zum anderen und verstand es, mit seinen Witzen selbst die Verzagtesten unter uns aufzurichten. Er organisierte Kartenturniere und brachte uns das Schachspielen bei. In einer Ecke des Zimmers hatte er sogar eine Art Flugkabine eingerichtet, in der er den Neuen, die über ihr weiteres Schicksal grübelten, die Grundlagen der Flugsteuerung beibrachte. Und kein Kamerad verließ die Station ohne das Modell eines Doppeldeckers, das Weil aus Pappe oder Holz gefertigt hatte.

Ein merkwürdiges Ereignis machte mir den Gedanken an die Zukunft eine Zeitlang erträglicher. Eines Morgens, ich war gerade dabei, mir auf dem Flur unserer Etage die Füße zu vertreten, hörte ich im Treppenhaus einen ungewöhnlichen Lärm. Ein großer Schwarzer rannte splitterfasernackt die Stufen herunter, gefolgt von zwei Schwestern und einem Chirurgen, der sich in seinem Kittel verheddert hatte. Der Senegalese war während der Operation, beim ersten Schnitt des Skalpells, aufgewacht und Hals über Kopf getürmt. Man konnte ihn gerade an der Pforte aufhalten.

Das brachte mich sofort auf den Gedanken, nach Afrika auszuwandern, sobald der Krieg zu Ende war. Angeblich hatten die »Wilden« nämlich Respekt vor Kriegsversehrten.
Ein Artillerieleutnant hatte mir erzählt, daß sein Onkel, dessen Gesicht im Krieg von 1870 zerstört worden war, sich der Kolonialinfanterie angeschlossen hatte, weil er hoffte, auf diese Weise besser mit seiner Entstellung fertig zu werden. Er hatte ihm berichtet, daß man in Afrika einen entstellten Soldaten wie einen Helden verehrte.
Ich erzählte Weil davon, der sofort auf das Thema Frauen zu sprechen kam.
»Ich bin sicher, die machen keinen Unterschied zwischen einem schönen und einem verkrüppelten Weißen. Außerdem sollen sie außerordentlich üppige Formen haben. Selbst wenn man ihnen wohl manchmal ihren breiten Hintern versohlen muß. Afrika ist eine glänzende Idee! Ich bin dabei. Wir nehmen zwei oder drei Flugzeuge mit. Ich kümmere mich um die Steuerung und du um die Mechanik. Du wirst sehen, wir werden die Größten sein.«
Diese Aussicht macht uns eine Zeitlang Mut, wie alle Träume, an die man auch dann noch glauben will, wenn man weiß, daß sie nie in Erfüllung gehen werden.

Penanster saß auf der kleinen Bank unten im Hof, und die Sonne, die seine unversehrte Gesichtshälfte beschien, ließ sein grünes Auge aufleuchten, mit dem er uns von der Seite anblickte. Ich erinnere mich noch ganz genau an jenen Tag, denn seither hat mich nie wieder jemand so überrascht wie er. Es war der 24. Juni 1916.
Penanster zog tief an seiner englischen Zigarette.
»Liebe Freunde«, begann er feierlich und verlegen zugleich, »es ist an der Zeit, uns in Erinnerung zu rufen, daß

wir Männer sind.« In seiner tiefen Stimme lag trotz der Zahnlücken, die eine leicht zischende Aussprache zur Folge hatten, etwas Achtunggebietendes.
Weil warf mir einen vorsichtigen Blick zu.
»Ich schlage vor, daß wir noch einmal ein Ausgangsgesuch stellen. Wir dürfen uns vor den Blicken der Frauen nicht verstecken. Wenn wir erst unser ganzes Selbstvertrauen verloren haben, ist es zu spät. Es gilt jetzt zu handeln.«
Als wollte er unseren Einwänden zuvorkommen, fügte er hinzu:
»Ich weiß, die Tatsache, daß dieser Vorschlag ausgerechnet von mir kommt, schockiert Euch. Nun, ab einem gewissen Punkt verlieren die gängigen Moralvorstellungen eben ihre Gültigkeit. Wir befinden uns in einer ganz besonderen Lage, die mit den Alltagssorgen eines gewöhnlichen Bürgers nichts zu tun hat.«
Nach einer kurzen Pause fuhr er fort:
»Unser erster Ausgang war nicht gerade von Erfolg gekrönt. Wir haben gemeinsam kapituliert.«
Er wies mit dem Zeigefinger auf Weil:
»Wir beide hatten genauso wenig Schneid wie Adrien, stimmt's?«
Weil nickte wortlos.
»Freunde«, schloß Penanster, »ich erlaube mir, euch einen Bordellbesuch anzutragen. Begreifen wir ihn als unsere heilige Pflicht, einverstanden?«
Fehlte nur noch, daß er eine Generalstabskarte hervorgezogen und das strategische Ziel eingekreist hätte. Da unser Freund uns gewissermaßen einen dienstlichen Auftrag erteilt hatte, rangen wir uns dazu durch, leichten Herzens in diese Schlacht zu ziehen.
Wir bekamen für den übernächsten Nachmittag Ausgang. Es war das zweite Gesuch, das wir in zweieinhalb Jahren

gestellt hatten; man kann nicht sagen, daß wir von unserem Recht über Gebühr Gebrauch gemacht hätten.
Die Verbindung aus Auftrag und Schülerstreich sagte mir zu. Ich merkte jedoch, daß Weil anders empfand, obwohl oder vielleicht gerade weil er von uns dreien der Unverfrorenste war.
Mit Penanster an der Spitze verließen wir unsere Krankenhausfestung. Penanster trug weder Verband noch Binde. Hinter ihm ging Weil, der sein Karamelbonbon, wie er sein Gesicht nannte, den Blicken ebenfalls unverhüllt preisgab. Ich dagegen versuchte, den wesentlichen Teil meiner Verwundungen hinter meiner schwarzen Binde zu verbergen.

Das Bordell war ein paar Minuten Fußweg vom Hospital Val-de-Grâce entfernt, in einer kleinen Straße nahe Montparnasse. Es befand sich im hinteren Teil eines Hofes, in dem Künstler ihre Ateliers hatten.
Wir blieben ein paar Minuten vor der Tür stehen, um zu sehen, wer dem Sündenpfuhl wohl entsteigen würde. Gerade verließen zwei respektabel aussehende Bürger das Etablissement.
Unser Vorgehen mutete in jeder Hinsicht wie ein Handstreich an. Als die Luft rein war, ging Penanster zum Eingang. Bevor er den Türklopfer bediente, drehte er sich zu uns um und murmelte, wie um sich selbst Mut zu machen:
»Es gibt wohl nichts Unbarmherzigeres als den Blick einer Prostituierten, nicht wahr?«
Weil erwiderte, solange er noch keine Schwiegermutter habe, könne er das schlecht beurteilen.
Die Frau, die uns öffnete, entsprach den gängigen Klischees einer Puffmutter: ein Gesicht, wie für den Faschingsball geschminkt, die Haut so schlaff, daß sie in dicken Falten herunterhing.

Die Räumlichkeiten waren klein und zeugten von schlechtem Geschmack. Purpurfarbene Wände sollten Glanz vortäuschen, und die Möbel im Stil des Zweiten Kaiserreichs hatte man vermutlich in einer Scheune aufgetrieben.
Zwei hinter Tageszeitungen verborgene ältere Herren schienen zu warten, bis sie an der Reihe waren. Sie hatten sich bequem in der Anonymität, die ihnen der Rauch ihrer Zigarren verlieh, eingerichtet.
Die lose Person nahm unseren Trupp in Augenschein und machte aus ihrer Verwunderung keinen Hehl.
»Na sowas, arme Jungs, wie hat man euch denn zugerichtet! Es tut mir schrecklich leid, aber ich habe gerade keine Mädchen verfügbar. Ganz abgesehen davon bin ich mir auch nicht sicher, ob sie euch überhaupt annehmen würden.«
»Wahrscheinlich bevorzugen sie Drückeberger«, erboste sich Penanster. »Oder solche, die sich mit einem Gefälligkeitsgutachten ihre Dienstuntauglichkeit haben bescheinigen lassen. Vielleicht sogar Deutsche!«
Die Alte lächelte verkrampft und entblößte eine Reihe schlechter Zähne:
»Na gut, ich will sehen, was sich machen läßt. Setzen Sie sich in die Ecke da, ich werde Ihnen etwas zu trinken bringen. Seien Sie so nett und bleiben Sie dort sitzen. Sie verstehen, ich möchte nicht, daß die anderen Kunden ... nun ... ich bin gleich wieder da. Können Sie denn überhaupt zahlen?«
Ein Blick zu Penanster genügte, um ihr zu zeigen, wie unangebracht die Frage war. Zehn Minuten später kam sie zurück, zwei junge Frauen mit zerzaustem Haar im Schlepptau, die hastig versuchten, ihre Kleider in Ordnung zu bringen.
»Diese drei Herren sind extra euretwegen gekommen,

meine Damen. Ich erwarte von euch, daß ihr unserem Haus Ehre macht.«

Ich ermunterte Penanster und Weil voranzugehen. Die Alte watschelte davon und versicherte mir, daß ich nicht lange würde warten müssen.

Bald öffnete sich eine hinter einem Wandbehang versteckte Tür, und ein eleganter junger Mann trat heraus, der den Blick der anderen nicht zu fürchten schien. Kurz darauf kam ein Mädchen auf mich zu, das kaum älter als zwanzig war. Ihr blondes Haar hing lose herunter, und ihre stark geschminkten Wangen konnten nicht über die Blässe ihres Gesichts hinwegtäuschen.

Sie begrüßte mich wie ein kleines Mädchen, das einen entfernten Verwandten willkommen heißt. Ich schloß die Tür hinter mir. Ohne Scham und ohne eine Spur von Provokation zog sie sich aus. Dann blieb sie mitten im Zimmer stehen und wartete auf ein Wort, eine Aufforderung.

Ihre Formen waren vollkommen, was meine Verwirrung noch steigerte.

»Ich muß gestehen, daß ich Sie ausgesprochen schön finde, und – um es offen zu sagen – ganz nach meinem Geschmack. Niemand hat mich genötigt, hierher zu kommen, bestimmt nicht. Ich habe einfach eine Art von Wette verloren.«

Sie hörte mir gelangweilt zu, schien aber zugleich für die Unterbrechung dankbar zu sein, die ich ihr auf diese Weise gönnte.

»Ehrlich gesagt«, fuhr ich fort, »habe ich noch nie einen Fuß in ein Etablissement wie dieses gesetzt, hatte es auch nie vor, aber diese dumme Wette ... Wir haben etwas Zeit, wie wär's, wollen wir nicht ein wenig plaudern?«

»Gut, plaudern wir, das wollen die alten Herren, die nicht mehr können, auch immer. Sind Sie denn auch alt?«

Da ich nicht antwortete, fragte sie:
»Ist das im Krieg passiert, was Sie da haben?«
»Ja.«
»Sie haben noch Glück gehabt. Mein Bruder ist tot.«
»Ja, ich hatte Glück, das ist wahr.«
»Also, was machen wir? Plaudern wir oder unternehmen wir was? Wenn wir nur reden, werden Sie dann auch keinen Preisnachlaß verlangen?«
»Nein, natürlich nicht.«
»Und worüber wollen wir reden? Außerdem, mit dieser Binde auf dem Mund kann ich Sie nicht besonders gut verstehen.«
Ohne sich wieder anzuziehen, setzte sie sich auf die Bettkante und preßte die Knie zusammen.
Ich spürte, wie Begierde und Ehrgefühl sich einen erbitterten Kampf in meinem Inneren lieferten.
Während ich sie ansah, schoben sich die Bilder von anderen Frauen vor sie. Bilder von Clémence und von Marguerite. Liebe und Achtung.
Die Begierde siegte.
Wie immer, wenn ich den Akt ohne Emotionen vollzog, fühlte ich mich anschließend traurig und niedergeschlagen.
Als ich mich wieder ankleidete, hatte ich das Bedürfnis, ihr etwas Nettes zu sagen. Mit dem Angebot, sie aus dem Bordell rauszuholen, hätte ich mich nur lächerlich gemacht. So versprach ich lediglich, sie wieder aufzusuchen, was gewiß ihre geringste Sorge war.
Penanster und Weil erwarteten mich in dem kleinen Boudoir am Eingang. Ihre Blicke besagten, daß ich ein wenig zu lange gebraucht hatte.
Wir zahlten flink und hinterließen ein großzügiges Trinkgeld.
Auf dem Rückweg bot uns Penanster schweigend eine sei-

ner englischen Zigaretten an, die er sich, wer weiß woher, beschafft hatte und deren Geschmack Fernweh weckte.
Die ganze Zeit sprachen wir kein einziges Wort, jeder hatte genug mit sich selbst zu tun.
Als wir uns der Pforte näherten, brach Weil das Schweigen:
»So ist es immer, wenn einem etwas zustößt. Man glaubt, das Schlimmste sei vorbei, nun könne nichts mehr kommen. Aber nein, es gibt immer noch eine Steigerung. Wir hatten noch keine Syphilis. Jetzt haben wir sie uns wahrscheinlich geholt.«
Wir erwähnten diese Episode untereinander nie wieder, in der Meinung, sie sei kein Thema, über das es sich zu sprechen lohnt. Am schwierigsten aber war es, Marguerites Fragen nach unserem ersten größeren Ausflug auszuweichen, so wenig sie auch in uns drang.

Der Sommer 1916 unterschied sich in nichts von den vorhergehenden. Ich hatte das Glück, in diesen Monaten nur einmal operiert zu werden. Penanster mußte eine Knochentransplantation über sich ergehen lassen, die ähnlich erfolglos verlief wie alle anderen zuvor.
Weil bekam zwei weitere Hauttransplantate.
Dennoch lag ich, was die Zahl der Operationen anging, an der Spitze. Auf einer Holzplatte verbuchten wir jede einzelne, indem wir mit dem Messer eine Kerbe schnitten. Mein Vorsprung war beträchtlich. Ich hatte sieben Eingriffe hinter mir, Penanster und Weil lagen mit je fünf gleichauf.
Jeder weitere Kriegstag bescherte uns eine wachsende Zahl von Gesichtsverletzten. Der Einsatz von Gas erschwerte die Arbeit der Chirurgen, weil die Patienten dadurch zusätzlich zu ihren Verwundungen unter großer

Atemnot litten. Wir drei hingegen hatten allen Grund, zufrieden zu sein: Seit April hatte niemand in unserer Umgebung versucht, Selbstmord zu begehen.
Unser Zeitgefühl begann sich zu ändern. Der Gedanke an später verblaßte. Wir waren ganz der Gegenwart verhaftet, unsere Zukunft reichte nicht weiter als bis zum nächsten Augenblick. Immer waren wir darauf gefaßt, daß die Schmerzen, auch wenn das Schlimmste überwunden schien, mit einer Heftigkeit wiederkehrten, die uns jedesmal aufs neue überraschte. Die Tage zogen sich im Gleichmaß dahin, eine Abwechslung war nicht in Sicht. Das Kampfgeschehen spielte sich schemenhaft in weiter Ferne ab. Noch immer warteten die jüngeren Kameraden gierig auf jede Nachricht von der Front, ob nicht endlich ein entscheidender Vorstoß gelungen sei. Die Älteren unter uns hegten zwar keinen Zweifel, daß Frankreich siegen würde, quittierten aber die Euphorie, mit der die Jüngeren jedes auch noch so kleine Vorrücken unserer Armee begrüßten, mit einem nachsichtigen Lächeln. In Wirklichkeit hatten wir vor jeder Veränderung unserer lethargischen Grundstimmung Angst. Denn immer, wenn Bewegung in diesen Stellungskrieg geriet, waren so viele Tote zu beklagen, daß keiner in unserem Zimmer vor Hiobsbotschaften, den Vater, Bruder oder Freund betreffend, gefeit war. Das Leid der Trauernden machte unsere ohnehin schon deprimierende Situation nur noch schlimmer.
Der Briefwechsel mit meiner Familie war auch weiterhin von einer Banalität, die es mir erleichterte, ohne schlechtes Gewissen Alltägliches zu schildern und über meinen wirklichen Zustand zu schweigen. Ich wollte nicht, daß meine Angehörigen die Wahrheit herausfanden, und Geschichten zu erfinden lag mir nicht. In meinem wöchentlichen Brief zählte ich also weiterhin auf, was es zu essen

gab – Hackfleisch und Suppe –, und erkundigte mich nach dem Schicksal anderer Familien im Dorf. Und wenn ich dann mitgeteilt bekam, wer unter meinen ehemaligen Kameraden einen Arm oder ein Bein verloren hatte, sagte ich mir erleichtert: »Wenigstens noch andere, die gezwungen sind, zu Hause zu bleiben!«

Jeder Brief aus der Heimat weckte Erinnerungen an die Ausflüge, die ich in meiner Kindheit mit meinem Vater und meinem Großvater unternommen hatte. An die Herbstmorgen, die ich mit ihnen beim Steinpilzesammeln verbrachte. Am Abend zuvor pflegte mein Großvater stets Berechnungen über den Stand des Mondes anzustellen, über die Menge der gefallenen Niederschläge und die Sonneneinstrahlung. Seine Entscheidung, ob und mit welcher Ausrüstung wir am nächsten Morgen aufbrechen würden, fiel meist erst, nachdem wir mit dem Abendessen fertig waren und meine Mutter sich daran gemacht hatte, den Tisch abzuräumen. Ganz in Gedanken versunken saß er am Tisch, das Kinn auf die Faust gestützt – es war jedesmal das gleiche Ritual.

Solange man ihm keine Fragen stellte, schwieg er. Und als ich mich schließlich erkundigte: »Großvater, sag', werden wir was finden?«, ließ er schweigend ein, zwei Minuten verstreichen, ohne durch die geringste Geste zu verraten, wie er sich entscheiden würde.

Schließlich kam die Erlösung:

»Es ist gut möglich, daß wir ...«

Die Worte ließen mich vor Freude vom Stuhl aufspringen. Nun galt es nur noch in Erfahrung zu bringen, wie umfangreich die Ernte nach seinen Schätzungen ausfallen würde.

»Nehmen wir Körbe oder Kartoffelsäcke mit, Großvater?«

Wenn er Säcke empfahl, hieß das, daß wir pro Tag mehr

als zehn Kilo Steinpilze einheimsen würden. In den ersten beiden Oktoberwochen des Jahres 1913 hatten wir vierzig Kilo nach Hause gebracht. Die Hälfte davon war für die Familie bestimmt, der Rest wanderte in Konserven.
Niemand kannte die Gegend besser als mein Großvater. Wenn wir frühmorgens am Waldrand ankamen, blieb er stehen und atmete tief mit geweiteten Nasenflügeln ein:
»Sieh mal, mein Junge, wie die Erde dampft!«
Eine feiner, aber durchdringender Duft aus feuchter Erde, Farnkraut und Kastanienblättern stieg mir in die Nase.
Diesen Duft würde ich nie mehr riechen können. Bei dem Gedanken kamen mir jedesmal die Tränen. Mein entstelltes Gesicht hinzunehmen fiel mir leichter als die Tatsache, daß ich meinen Geschmacks- und Geruchssinn für immer verloren hatte.

Der Winter 1916 war ein Winter zuviel.
Mitte Oktober hatte mir Bonnard einen begeisterten Brief geschrieben, in dem er mir mitteilte, er habe es endlich an die Front geschafft, man habe ihn einer Artillerie-Einheit zugeteilt. Da ich mir nicht vorstellen konnte, daß man ihn zum Schießen vorgesehen hatte, vermutete ich, er sei dort für ballistische Berechnungen zuständig.
Am 23. Dezember, einen Tag vor Weihnachten, erhielt ich ein Schreiben von seiner Mutter. Sie ließ mich wissen, daß Alain bei einem Bombenangriff getötet worden war. Bis dahin hatte ich nie an der Notwendigkeit dieses Krieges gezweifelt, ich war dafür gewesen, auch wenn ich meinen Einsatz mit dem Leben bezahlen sollte. Nun hatte mir dieser Krieg meinen besten Freund genommen, den Menschen, mit dem mich am meisten verband. Ich war verzweifelt darüber, nicht bei ihm gewesen zu sein, mich nicht schützend über ihn geworfen zu haben, als die

Bombe fiel. Seltsamerweise hatte ich an dem Punkt zum ersten Mal das Gefühl, mich wirklich mit dem Tod auseinandersetzen zu müssen. Ich hatte andere Menschen sterben gesehen, darunter auch Angehörige, aber Bonnard und ich, wir waren geistes- und seelenverwandt. Sein Tod war ein ungeheuer schmerzlicher Verlust. Ähnlich muß man sich wohl fühlen, wenn man seinen Zwillingsbruder verliert.
Bestürzt stellte ich fest, welche absurden Züge dieser Krieg angenommen hatte. Was würde noch alles geschehen, bevor er zu Ende war? In meinem kleinen Heimatdorf in der Dordogne zählte man bereits drei Tote und einen, dessen Gesicht durch eine Granate entstellt worden war. Und der Sieg war noch kein Stück nähergerückt.
Ich hatte auf Alain gebaut, was meine Zukunft betraf, darauf vertraut, daß mir seine Freundschaft helfen würde, mit dem Alltag außerhalb des Lazaretts zurechtzukommen. Allein er hätte mir die Kraft geben können, die Blicke anderer Menschen zu ertragen. Doch dieser Krieg machte wirklich vor nichts und niemandem halt. Er hatte mir Alain für immer entrissen.

Am Morgen des 2. Februar 1917 betrat die Oberschwester unserer Station das Zimmer und kam mit triumphierendem Lächeln auf mich zu.
»Oberleutnant Fournier, Sie haben Besuch! Ich habe ihr gesagt, daß Sie da sind, und daß es Ihnen gut geht. Sie wartet im Sprechzimmer auf Sie.«
»Wer?« fragte ich mißtrauisch.
»Ihre Schwester. Sie hat sich an der Pforte angemeldet.«
»Meine Schwester? Um Gotteswillen!«
»Das klingt ja nicht gerade begeistert.«
»Doch, ich freue mich sehr. ... Wirklich, sehr. Können Sie

ihr nicht vielleicht ausrichten, daß es mir gerade nicht wohl ist und daß sie in ein paar Tagen wiederkommen soll?«

»Aber, Herr Oberleutnant, ich habe ihr schon gesagt, daß es Ihnen blendend geht! Das arme Mädchen war so in Sorge. Sie hat mich sogar gefragt, ob Sie einen Arm oder ein Bein verloren haben. Ich habe sie beruhigt und gesagt, es sei noch alles an Ihnen dran.«

»Alles an mir dran? Sie haben ihr gesagt, es sei noch alles an mir dran?«

»Aber ja, Herr Oberleutnant.«

Diese Frau hatte zuviel Schlimmes gesehen. Sie war abgestumpft.

»Beeilen Sie sich! Sie wartet auf Sie, und sie freut sich so.«

Ich hätte mich vor Angst am liebsten übergeben. Zitternd zog ich mich an. Penanster lieh mir seine größte Gesichtsbinde. Ich mußte an Levauchelle denken und schwor mir, die Fassung zu bewahren und mich nicht gehen zu lassen, egal, was kommen möge.

Schon von weitem konnte ich sie erkennen. Sie kam mir ganz klein vor, wie sie so unruhig auf und ab lief und dabei ständig ihre Fingernägel in Augenschein nahm. Sie trug ein hübsches Kleid, bestimmt hatte sie es mir zuliebe angezogen. Wie gern hätte ich ihr meinen Anblick erspart, aber es war zu spät, ich konnte nicht mehr zurück. Wahrscheinlich hatten meine zögernden Schritte in diesem lichtdurchfluteten Flur sie aufblicken lassen. Wie ein wohlerzogenes kleines Mädchen kam sie mir entgegen.

Ich sah, wie sie die Hände vor die Augen schlug. Dann brach sie schluchzend an meiner Brust zusammen. Unbeweglich stand ich da.

Wir gingen ins Sprechzimmer und setzten uns nebeneinander. Sie legte den Kopf an meine Schulter, und so blie-

ben wir lange sitzen, wortlos, wie Liebende, die auf den Zug warten, der sie voneinander trennen wird.
Als ich von zu Hause wegging, war sie noch ein junges Mädchen gewesen, und nun saß eine Frau neben mir. Das sagte ich ihr, und ich erinnerte sie auch an unser Gezänk und unsere Sticheleien, als wir noch Kinder waren.
Bevor sie ging, bat ich sie, sich um unsere Familie zu kümmern. Ich rief ihr ins Bewußtsein, daß sie mich schließlich erkannt hatte, und daß nicht alle meine Kameraden das Glück hatten, von ihren Lieben wiedererkannt zu werden.
Mit unsicheren Schritten ging sie davon, versprach mir aber, bald wiederzukommen.
Ich fragte mich, ob sie die Kraft haben würde.
Ein paar Wochen später besuchte mich auch meine Mutter. Wie gewöhnlich lief sie unruhig hin und her und schnüffelte überall herum. Sie überschüttete mich mit belanglosen Neuigkeiten und zählte meine Verletzungen einzeln auf, um bessere Vorkehrungen materieller Art treffen zu können. Das bestärkte sie in ihrer Zuversicht.
Die Art meiner Mutter war, dank ihrer Unfähigkeit, den Geschehnissen auch nur den geringsten dramatischen Aspekt abzugewinnen, gleichermaßen zermürbend wie aufmunternd.
In ihren Augen war ihr Sohn nicht entstellt. Er hatte allenfalls ein paar Körperfunktionen eingebüßt, die streng genommen nicht einmal lebensnotwendig waren.
Die Beschränktheit meiner Mutter war im Schatten der Persönlichkeit meines Vaters nie recht zutage getreten. Nach seinem Tod jedoch kam ihre wahre Natur wieder zum Vorschein.

Das Jahr 1917 verlief ohne größeren Zwischenfall und, was uns drei anbetraf, unter dem Zeichen vollkommener

Gleichberechtigung: Jeder von uns hatte zwei Operationen.
Die Tage schleppten sich träge dahin, ohne Aufregung. Bis uns General Nivelles Großoffensive aus unserem Dämmerzustand riß. Das Blutbad war so enorm, daß es in den Zimmern keinen Platz mehr für die gesichtsverletzten Soldaten gab und man sie auf die Flure legen mußte. Zum ersten Mal ließen die Soldaten, die man für nichts und wieder nichts in den Krieg geschickt hatte, ihrer Empörung und ihrem Groll freien Lauf. Selbst den Offizieren war die stolze Zuversicht abhanden gekommen, einen notwendigen Auftrag zu erfüllen. Wer von ihnen noch dazu in der Lage war, hielt mit seiner Kritik nicht mehr hinterm Berg und schimpfte lauthals auf den Generalstab.
Der Eintritt der Amerikaner in den Krieg beschwichtigte die Gemüter; man schöpfte neue Hoffnung, daß damit der Schrecken bald ein Ende haben würde.
Mich machte der Geruch von Äther, selbst wenn er vom anderen Ende des Flurs kam, ganz krank. Es war der einzige Geruch, der zu mir durchdrang.
Der Chirurg arbeitet daran, mir einen funktionstüchtigen Mund zu verpassen. Da das Ergebnis jedoch hinter seinen Erwartungen zurückblieb, waren das Kauen und Sprechen weiterhin mühsam für mich.
Marguerite wurde im September 1918 auf einen längeren Urlaub nach Hause geschickt. Dem Chirurgen war es gelungen, sein großes Werk zu vollenden, was sie offenbar mehr überraschte als uns, obwohl ihr Antlitz ursprünglich ebenso schwer in Mitleidenschaft gezogen war wie unseres. Er riet ihr, sich ein paar Wochen auszuruhen, bevor er, wie er es nannte, zum »Feinschliff« überging. Wir begegneten unseren Ärzten mit großem Respekt, denn sie waren vom aufrichtigen Willen beseelt, uns so gut wie möglich

wiederherzustellen. Dennoch entsprach das Ergebnis ihrer Arbeit häufig nicht dem, was sie sich davon versprochen hatten, wenngleich die Gesichtschirurgie während des Krieges beträchtliche Fortschritte gemacht hatte.

Während ihres Urlaubs besuchte uns Marguerite zweimal wöchentlich, und wir verbrachten nun mehr Zeit mit ihr als zuvor. Als sie noch im Lazarett lag, hatten die Schwestern nämlich immer wieder versucht, den Treffen zwischen ihr und uns einen Riegel vorzuschieben.

Penanster empfand die lange Abwesenheit unserer Freundin als Strafe, er hielt unser Zimmer mit den angrenzenden Fluren für den einzigen Ort auf der Welt, an dem wir uns wirklich sicher fühlen konnten.

Marguerite war, als der Arzt sie vorübergehend entlassen hatte, unangemeldet nach Hause zurückgekehrt und hatte am Dienstboteneingang geklingelt. Die Hausangestellte, die ihr öffnete, kannte sie nicht, hielt sie für eine Hausiererin und schlug ihr die Tür vor der Nase zu. Darauf klingelte sie an der großen Eingangstür. Diesmal öffnete ihr ein Bediensteter, der seit über vierzig Jahren für die Familie tätig war. Der alte Mann wich erschrocken zurück und schlug die Hand vor den Mund; als er sich wieder etwas gefangen hatte, konnte sie seine Worte deutlich von seinen Lippen ablesen:

»Oh, Mademoiselle Marguerite, ich bin ganz durcheinander, Ihre Eltern geben heute abend einen Empfang, wir haben Sie nicht erwartet ... Ich ... ich werde ... Madame und Monsieur Bescheid sagen.«

Kurz darauf erschienen ihre Eltern in festlicher Abendrobe. Sie ließen nicht die geringste Freude über das Wiedersehen erkennen. ›Na gut‹, sagte sich Marguerite, ›warum sollten sie jetzt auch anders reagieren als früher?‹ Wären sie befangen gewesen, so hätte sie das verstanden:

Sie hatte oft erlebt, daß Menschen sich angesichts solch schlimmer Verletzungen, noch dazu im Gesicht einer Frau, hilflos vorkamen. Aber sie wußte, ihre Eltern waren aus einem anderen Grund peinlich berührt: Marguerite störte ihren großen Abend. Sie wiesen die Bediensteten des Hauses an, sich um ihre Tochter zu kümmern, und schärften ihnen ein, dafür zu sorgen, daß es ihr an nichts fehle. Dann baten sie Marguerite, sich auf ihr Zimmer zurückzuziehen und es nicht zu verlassen. Etwas später am Abend tauchten Marguerites Brüder kurz bei ihr auf, betrunken und ungeniert. Beide waren für dienstuntauglich erklärt worden. Der eine wegen Tuberkulose, die allerdings so harmlos war, daß er durchaus einsatzfähig gewesen wäre; den anderen hatte der Vater vom Dienst an der Waffe befreien lassen mit der Begründung, der drohende Tod des anderen Sohnes sei für die Familie schon schlimm genug. Die beiden Brüder erkundigten sich nicht nach dem Befinden der Schwester und sagten nur leichthin:

»Du wirst sehen, Marguerite, die Ärzte vollbringen heutzutage wahre Wunder.«

Um dann noch vorwurfsvoll hinzuzufügen:

»Du hättest dich ruhig ein bißchen öfter melden können; wir haben uns große Sorgen um dich gemacht. Na dann, bis morgen. Machen wir das Beste aus diesem kleinen Fest, die Zeiten im Krieg sind öde genug.«

Noch am selben Abend beschloß Marguerite, dieser rührenden Familie für immer den Rücken zu kehren. In der Nacht verließ sie das Haus. Sie war mit ihren Fortschritten in puncto »Lippenlektüre«, wie sie es nannte, zufrieden: Ihre Eltern, die sich nach wie vor am liebsten selbst reden hörten, hatten gar nicht bemerkt, daß ihre Tochter taub war.

Marguerite ging in ein kleines Hotel in der Rue Saint-Honoré, von wo aus sie sich ein Zimmer suchte. Bereits am Tag darauf hatte sie Erfolg. Während sie auf ihre nächste Operation wartete, arbeitete sie als Schwester in einem Kinderkrankenhaus.

Mit immer neuen Schüben von Verwundeten zwang uns der Krieg erneut seinen Rhythmus auf. Auf das von Hektik und Aufregung begleitete Eintreffen weiterer Gesichtsverletzter folgten kurze Phasen der Ruhe. Wir fühlten uns zunehmend in der Annahme bestärkt, daß der Sieg nun nicht mehr fern war.

Als einziger auf unserer Etage hatte ich die gesamte Kriegszeit im Militärhospital verbracht. Deshalb sahen die neuen Patienten in mir eine Art Orakel: Kaum hatten sie das Bewußtsein wiedererlangt, löcherten sie mich mit Fragen, wie es mit ihnen weitergehen würde.

Unter dem Einfluß der Älteren in der Abteilung begann die Gruppe der Entstellten ihre Stimme zu erheben.

Manche schrieben Gedichte zu Ehren der Männer ohne Gesicht. Andere gründeten eine Zeitung, die sie *Die Geheimoperation* nannten. Ihr Erscheinen war unregelmäßig, da es von den Operationsterminen der Redakteure abhing.

Die Nachricht vom Waffenstillstand am 11. November 1918 löste großen Jubel auf unserer Etage aus. Wir fielen einander in die Arme, einige wurden von nicht enden wollendem Weinen geschüttelt. Riesige Erleichterung machte sich breit: Unser Kampf war nicht umsonst gewesen. Die Begeisterung über den Sieg war so groß, daß wir gar nicht bemerkten, daß der junge Soldat aus Marseille, der am Vorabend eingeliefert worden war und der seither unaufhörlich mit den Zähnen geklappert hatte, ganz ruhig in seinem Bett in der Ecke entschlafen war. Er war der letzte Tote, den wir zu beklagen hatten.

Am 12. November war unsere Begeisterung über den Sieg wie ein Blatt im Herbstwind verflogen.
Wir stellten uns vor, wie viele Soldaten nun wohlbehalten zu ihren Familien zurückkehrten. Solange sie an der Front waren und in ängstlicher Erwartung des nächsten Angriffs Schlamm und Kälte ertragen mußten, hatten wir uns als Glückspilze gefühlt: Sie riskierten mehr als wir.
Jetzt, da die Kanonen schwiegen und unter dem Jubel der Bevölkerung Scharen demobilisierter Soldaten ihren Angehörigen um den Hals fielen, fühlten wir uns verlassen.
Fünf Monate nach dem Waffenstillstand wurde ich nach Hause geschickt. Vorher hatte man mich noch zweimal operiert, um – wie der Chirurg meinte – den »Vorhang zuzuziehen«, den Krater in meinem Gesicht zu schließen, mit dem ich fortan würde leben müssen.
Ich verließ das Krankenhaus Val-de-Grâce am 4. April 1919, einem Frühlingsmorgen, an dem eiskalter Regen niederging. Die sechzehn Operationen hatten meinem Gesicht keine wirklich menschlichen Züge verliehen, und um meine Verletzungen zu verbergen, band ich mir eine imposante Sammlung von Korsarenbinden um.
Penanster und Weil wurden wenige Wochen nach mir entlassen. Beim Abschied versprachen wir uns, einander sobald wie möglich zu besuchen. Zum ersten Mal sah ich im Augenwinkel unseres bretonischen Freundes eine Träne.
Wie immer überspielte Weil seine Rührung mit einem Scherz:
»Denkt dran, wie viele Frauen nach all den Jahren hinter dem Tor auf uns warten!«
Meine Erwartungen wurden enttäuscht. Ich hatte damit

gerechnet, Paris im Siegestaumel zu erleben, hatte mir ausgemalt, daß die Feststimmung bis zu meiner Entlassung anhalten und ich den Boulevard Saint-Michel auf einem Teppich aus Luftschlangen und Konfetti entlanggehen würde. Stattdessen schien der Großstadtmoloch erschöpft.

Die Frauen hatten ihn unter Aufbietung all ihrer Kräfte in Gang gehalten. Sie wirkten ausgelaugt, weil sie die Verantwortung für alles und jeden allein hatten übernehmen müssen. Nur wenige unversehrt gebliebene junge Männer waren in der Stadt, die erst allmählich zu ihrer alten Geschäftigkeit zurückfand, zu sehen. Die Vorübergehenden bedachten sie mit argwöhnischen Blicken, so, als machten sie ihnen Vorhaltungen, den Krieg unbeschadet überstanden oder überhaupt überlebt zu haben. Man hätte annehmen können, daß ein Weltkrieg wie dieser große Umwälzungen nach sich zieht. Doch dafür gab es keinerlei Anzeichen, jeder schlüpfte in seine früheren Gewohnheiten wie in alte Pantoffeln. Diese Rückkehr zur Normalität erinnerte mich an ein Erlebnis im Herbst 1912. Damals waren im Schloß Peyrelevade, ganz in der Nähe meines Heimatdorfes, die Seitenwände der Ställe, in denen das Viehfutter lagerte, in Brand geraten. Wie alle jungen Männer der Umgebung wurde auch ich zu Hilfe gerufen. Ich zerrte ein großes Reitpferd aus dem Stall, dessen Augen vor Panik fast aus den Höhlen zu treten schienen. Es war in seiner Angst so unkontrollierbar, daß ich fürchtete, es würde mir den Arm abreißen, mit dem ich es am Halfter führte. Das Tier zitterte am ganzen Leib, und aus seinem Mund trat Schaum, den es durch heftige Kopfbewegungen in alle Richtungen verspritzte. Als ich wenig später nach ihm sah, fraß es friedlich die Blumen eines kunstvoll angelegten Beetes ab.

Es ist nicht leicht, sich wiederhergestellt zu fühlen, wenn

man vier Jahre und acht Monate hinter den Mauern eines Krankenhauses verbracht hat.
Noch fehlte mir der Mut, in meine kleine Wohnung zurückzukehren, weil die mich an Clémence erinnert hätte. Also nahm ich das Angebot meines Onkels Chaumontel an, ein paar Wochen in seinem Haus zu verbringen, um, wie er es ausdrückte, mein Blut aufzufrischen.
Er war der ältere Bruder meiner Mutter und hatte spät geheiratet. Als seine sehr viel jüngere Frau 1911 an Tuberkulose starb, stand er mit drei Töchtern allein da.
Meine Cousinen, die kaum dem Jungmädchenalter entwachsen waren, feierten mich als Helden. Alle drei hatten ein frisches, lebhaftes Naturell, und ließen es an Aufmerksamkeit für ihren Cousin nicht fehlen. Nach den Jahren, die ich nahezu ausschließlich mit Männern verbracht hatte, verdrehten sie mir mächtig den Kopf.
Noch geschwächt von meiner letzten Operation machte ich es mir in einem Korbsessel unter der großen Libanonzeder bequem, die dem Park etwas Majestätisches verlieh. Staunend wie ein Kind beobachtete ich das quirlige Kommen und Gehen in diesem Haus.
Müßiggang schien hier unbekannt, die Bediensteten liefen stets geschäftig umher, deckten Tische oder arrangierten Blumensträuße. Mein Onkel liebte es, ein volles Haus zu haben, und ich nahm wieder teil an sonntäglichen Mittagessen, die um zwölf begannen und um fünf Uhr nachmittags endeten, wenn sich die Gäste auf die schattigen Plätze unter den Bäumen verteilt hatten. Zwar war das Essen nicht von gleicher Qualität wie vor dem Krieg, aber dem roten Burgunder hatten die Jahre augenscheinlich gutgetan. Auch wenn ich ihn nicht schmecken konnte, so genoß ich doch das trügerische Wohlbefinden, das mir eine leichte Trunkenheit verschaffte.

Auch meine Mutter und meine Schwester waren für zwei Wochen gekommen. Der Verehrer meiner ältesten Cousine verbrachte seine freien Tage mit uns. Unser Paradies in Nogent an der Marne umfaßte siebzehn Zimmer, die immer belegt waren.
Ich hatte meinem Arbeitgeber, der Firma Nallet et Grichard, geschrieben und den Wunsch mitgeteilt, Anfang Juli meine Arbeit wieder aufzunehmen, bis dahin würde ich mich endgültig erholt haben. Die Art meiner Verletzungen verschwieg ich.
Monsieur Grichard antwortete mir schriftlich, daß er mich gern schon vor diesem Termin empfangen würde, um über die Modalitäten unserer künftigen Zusammenarbeit zu sprechen. Wir vereinbarten einen Termin im Mai.
Als es so weit war, nahm ich den Zug bis zur Gare de Lyon und von da die Straßenbahn bis zur Rue de Milan.
Ich war nicht vorbereitet auf das plötzliche Zusammentreffen mit so vielen anderen Menschen in öffentlichen Verkehrsmitteln, und in einem ersten Impuls wich ich den Blicken der Leute aus, in denen ich eine Mischung aus Mitgefühl und Verlegenheit zu lesen meinte.
Der Krieg war seit sechs Monaten zu Ende, aber seine Nachwirkungen sollten noch zahlreiche Jahre zu spüren sein. Die Blicke meiner Mitbürger bedeuteten mir, daß sie noch nicht bereit waren, uns Kriegsversehrte als Teil der Gesellschaft anzuerkennen.
Manche Männer, meist ältere, bezeugten mir ihre Dankbarkeit, indem sie den Hut zogen, wenn ich an ihnen vorüberging. In der Straßenbahn oder in der Metro standen Fahrgäste auf, um mir den für Invaliden bestimmten Platz anzubieten. Ich lehnte ihr Angebot gewöhnlich mit den Worten ab:
»Ich danke Ihnen, aber meine Beine sind unversehrt.«

Natürlich erkannte mich auch die Empfangsdame in der Rue de Milan Nummer 9 nicht mehr.
»Ihr Name bitte?«
»Adrien Fournier, Madame Robillard.«
»Der junge Ingenieur, der im März 1914 hier angefangen hat?«
»Ja, der bin ich.«
»Oh, mein Gott, es tut mir ja so leid ...«
Wie oft würde ich noch diese für einen Überlebenden bestimmten Beileidsbekundungen zu hören bekommen?
»Sie sind angemeldet?«
»Bei Monsieur Grichard.«
Monsieur Grichard war ein kleiner Mann, der seine geringe Größe durch martialisches Auftreten wettzumachen versuchte. Er war Gründungsmitglied und Mitgesellschafter von Nallet-Grichard. Ich hatte ihn nie sonderlich gemocht, denn er hatte etwas schlangenhaft Hinterhältiges.
Er drückte mir die Hand, ohne mich anzusehen, bot mir Platz an, nahm eine Zigarette, zündete sie an und begann zu sprechen, wobei er seinen Blick in Richtung Fenster schweifen ließ:
»Monsieur Fournier, Sie hatten mir in Ihrem Brief angekündigt, daß Sie verwundet worden sind. Ich ahnte allerdings nicht, daß es so schlimm ist. Chemin des Dames, Verdun, Somme?«
»Ein Hinterhalt an der Maas, 1914.«
»Wie bitte? Ich kann Sie nicht gut verstehen.«
»Ich sagte: ein Hinterhalt an der Maas, 1914.«
Meine Aussprache bereitete mir noch Probleme, aber ich glaubte, mich verständlich ausgedrückt zu haben.
»Ein Hinterhalt an der Maas 1914, und Sie kommen gerade erst aus dem Krankenhaus? Teufel, die haben aber kräftig zugeschlagen, diese elenden Deutschen! Eine schwere

Verwundung?«

»Ziemlich ...«

»Wie bitte?«

Die Aussprache bestimmter Konsonanten fiel mir schwer; sie setzte eine Beschaffenheit des Gaumens voraus, die mir für immer fehlen würde.

»Ich sagte: ziemlich schwer ...«

Wie gern hätte ich ihm durch die Nase die Zunge herausgesteckt, aber das erschien mir doch zu gewagt.

»Ah, ja, ich sehe. Und wie lange, meinen Sie, wird es noch dauern, bis Sie wieder ganz hergestellt sind?«

»Ich bin wiederhergestellt, Monsieur.«

»Sie sind wiederhergestellt, aha. Entschuldigen Sie. War nur eine Frage. Und Sie möchten Ihre Stelle wieder antreten?«

»Ja, Monsieur. Ich möchte gern wieder in meinem früheren Beruf arbeiten.«

Nachdenklich strich er sich über den Bart, dann fuhr er mit leiser Stimme fort zu sprechen, so als wollte er, daß ich ihn höre, ohne sich selbst den Eindruck zu vermitteln, daß er etwas sagte.

»Schwierig, schwierig ...«

»Wie bitte?«

»Ich sagte: schwierig. Um ganz offen zu sein, unsere Situation ist nicht die beste. Wir bauen im zivilen Bereich, und das ist natürlich in Kriegszeiten nicht gefragt. Heute haben wir zwar aufgrund der Kriegsschäden neue Aufträge in Aussicht, aber die Frage ist: Wer wird bezahlen? Die Staatskassen sind leer. Die Deutschen haben noch keinen Pfennig Reparationen gezahlt. Wir stehen vor ernsten Problemen. Und damit nicht genug, Monsieur Fournier. Es ist nichts Persönliches, durchaus nicht, aber in Ihrem Zustand kann ich Sie nicht mehr in der Verkaufsabteilung beschäftigen. Sie verstehen sicher meine Bedenken. Fassen

Sie es nicht als Affront auf, Fournier, so ist es nicht gemeint. Allein, ich brauche keinen Vertriebsleiter: Plassard, der wegen seiner Lungenanfälligkeit 1914 für dienstuntauglich erklärt wurde, macht seine Arbeit sehr gut; er hat sich perfekt in seinen Bereich eingearbeitet, und wir sind äußerst zufrieden mit ihm. Im Laufe der letzten fünf Jahre hat er enorme Fortschritte gemacht.

Wie Sie sehen, stellt uns Ihre Situation vor ein echtes Problem. Denken Sie darüber nach, und wenn Sie selbst keine Lösung finden, lassen Sie uns nochmals darüber sprechen. Vielleicht kann ich Ihnen eine Stelle im Konstruktionsbüro besorgen, falls Sie nichts anderes finden sollten. Nicht als Ingenieur, leider, aber eventuell auf einem Posten, der nicht zuviel Mühe macht und ohne Kundenberatung ist. Bitte denken Sie auf jeden Fall darüber nach, und wenn Sie wollen, reden wir noch einmal darüber. Wir lassen einen Kriegshelden nicht im Stich, dessen können Sie sicher sein.«

»Monsieur Grichard«, erwiderte ich, »ich möchte nochmals darauf hinweisen, daß ich kriegsversehrt bin. Nicht körperbehindert, nur verletzt.«

»Keine Angst, ich kenne den Unterschied sehr wohl. Belassen wir es für den Moment dabei, wenn Sie bitte so freundlich sein wollen. Ich bringe Sie zur Tür. Lassen Sie mich wissen, wie Sie sich entschieden haben, dann sehen wir weiter. Auf bald, Monsieur Fournier.«

Ich nahm den Sieben-Uhr-Zug, wie nach einem gewöhnlichen Arbeitstag. Unterwegs dachte ich an Afrika, es mutete mir wie das Land der Verheißung an. Ich malte mir aus, wie sich hochgewachsene Schwarze vor dem vorbeigehenden Kriegsherrn verneigen. Vielleicht sollte ich noch einmal mit Weil sprechen. Aber diese Blicke ... Wann endlich würden die Leute aufhören, mich so anzustarren?

Bei meiner Rückkehr war die Familie vollzählig um den Tisch unter der großen Zeder versammelt. Als sie mich bemerkten, standen alle gleichzeitig auf und applaudierten mit Tränen in den Augen. Adèle, meine älteste Cousine, fiel mir um den Hals. Meine Schwester Pauline nahm meine Hand und wischte sich mit dem Ärmel über die Augen. Onkel Chaumontel kam mit einem Glas in der Hand auf mich zu und zögerte mit sichtlichem Vergnügen die Nachricht hinaus, die er für mich bereithielt:
»Adrien, du hast einen Brief von Clemenceau bekommen.«
Zufrieden mit der Wirkung seiner Worte setzte er noch hinzu:
»Ein Brief vom Tiger höchstpersönlich!«
Ich fragte mich, was der Ministerpräsident einem Offizier wohl mitzuteilen hatte, den man in ein Konstruktionsbüro abschieben wollte, einen regelrechten Verschlag mit gerade mal drei Stunden Tageslicht.
Ich nahm den Brief und las ihn laut vor. Alle hielten den Atem an.
Der Briefkopf war der des Ministerpräsidenten. Der Stil war der einer ranghohen Autorität. Als erstes erfuhr ich, daß man mich zum Ritter der Ehrenlegion schlagen würde. Dann, daß man mich dazu ausersehen hatte, einer Delegation französischer Kriegsversehrter anzugehören, die bei der Unterzeichnung des Versailler Vertrags den vertretenen Staatmännern vorgestellt werden sollte.
Ich wußte, daß dies ein großer Augenblick in meinem Leben werden würde, und war sehr stolz. Von einem Moment zum anderen hatte man mich aus einem schäbigen Konstruktionsbüro zur Unterzeichnung des Friedensvertrag nach einem Weltkrieg beordert. Dieses kurze Ereignis in der Geschichte meines Landes stellte sich mir dar wie die langersehnte Anerkennung unseres Opfers.

Wie ein bestandenes Abitur wurde das Ereignis bis spät in die Nacht gefeiert. Die Familie umsorgte mich wie einen verlorenen Sohn, die Wärme und Geborgenheit gaben mir Kraft, und erst jetzt gestand ich mir ein, wie nötig ich beides hatte. Ich fürchtete nur, meine Mutter könnte diesen wunderbaren Abend mit einem ihrer törichten Sprüche verderben, aber sie hielt sich zurück.

Am nächsten Tag bat ich meine Cousine, mich zu meiner Wohnung zu begleiten, wo ich mir meine Zivilkleidung abholen wollte. Ihre etwas kokette Schönheit diente mir auf dem Weg durch Paris als moralische Unterstützung. Ich benutzte sie als Köder, um die Blicke von mir abzulenken. Sie spielte dieses Spiel freudig mit, und als sie sich in der Straßenbahn an mich schmiegte, gab sie sogar zu Vermutungen über die wirkliche Art unserer Beziehung Anlaß.

Niemand hatte die Wohnung seit jener Augustnacht 1914 betreten, als ich aufgrund der Begegnung mit Clémence meinen Aufbruch in den Krieg um ein paar Stunden verschob.

Der Eingang war genauso düster wie damals. Die Hausmeisterin kehrte uns den Rücken zu, was ich ausnutzte, um Adèle, die ihre Arme um meine Schulter schlang, hochzuheben und an ihrer Loge vorbeizueilen. Mir wurde ganz schwindlig, als mir dabei wieder einmal zu Bewußtsein kam, wie sehr ich während der Jahre im Val-de-Grâce meine körperlichen Bedürfnisse verdrängt hatte. Unter dem Vorwand, nach fünf Jahren Abwesenheit würden wir die Wohnung sicher unaufgeräumt und schmutzig vorfinden, bat ich Adèle, mich erst einmal allein hineingehen zu lassen.

Ich lief direkt ins Schlafzimmer, würdigte die anderen Räume keines Blickes. Das Fenster stand halb offen, ein leichter Wind bewegte den durchsichtigen Vorhang. Das Bett war noch immer zerwühlt. Ich suchte auf den Laken nach einem Körperabdruck, der mir beweisen würde, daß sie zurückgekommen war, daß sie sich während meiner Abwesenheit in diesem Zimmer aufgehalten hatte. Jeden Winkel durchstöberte ich in der Hoffnung, einen Brief, ein hingekritzeltes Wort zu finden.

Sie hatte nicht einmal die Decke zurückgeschlagen. Ich deutete dies als Zeichen für einen überstürzten Aufbruch. Wahrscheinlich war sie beim Aufwachen von Schuldgefühlen übermannt worden.

Ich setzte mich auf die Bettkante und weinte. Als habe sie Angst, mich aufzuwecken, kam Adèle auf Zehenspitzen hereingeschlichen. Sie legte ihre Hände auf meinen Kopf und wich meinem Blick aus. Kurzerhand beschlossen wir, wieder nach Nogent zurückzufahren.

Auf dem Rückweg versuchte sie, mich mit witzigen Anekdoten aus meiner Betäubung zu reißen, und als ihr das nicht gelang, redete sie über ihren Verehrer und die Zweifel an ihren Gefühlen für ihn. Ich begriff, daß sie einen Vertrauten in mir sah und daß mich meine mühsame Art zu sprechen zum idealen Zuhörer für andere machte.

Da ich in ihren Augen ein Mann mit Erfahrung war, erkundigte sie sich – auch wenn das im strengen Sinne als nicht gerade schicklich galt – über meine amourösen Abenteuer, wollte wissen, wie der Alltag eines Ehepaares aussähe, und löcherte mich mit Fragen, die ich ihr nicht beantworten konnte. Sie sah sich einem Mann von dreißig Jahren gegenüber. Allerdings bedachte sie dabei nicht, daß ich fünf davon in klösterlicher Abgeschiedenheit verbracht hatte.

Die Freude darüber, Penanster und Weil im Versailler Schloß wiederzubegegnen war noch größer als mein Stolz über die Tatsache, zu einem historischen Ereignis geladen worden zu sein. Ich erkannte zwei weitere Kameraden aus dem Val-de-Grâce, denen ich ein paar Mal auf der ersten Etage des Krankenhauses begegnet war. Ein Militärfahrzeug hatte uns am Hôtel des Invalides abgeholt, um uns nach Versailles zu bringen, wo der Friedensvertrag unterzeichnet werden sollte.

Ein Adjutant hatte uns begleitet und führte uns nun durch die Menge der Herren in schwarzen Hüten, die sich in unterschiedlichen Sprachen miteinander unterhielten. Ich mußte daran denken, daß hier, in diesem Schloß, Männer versammelt waren, die ganz allein über Krieg und Frieden entschieden, und deren Motive gewiß andere waren als die, mit denen wir in die Schlacht gezogen waren. An der Seite von Staatsmännern wie Clemenceau zu stehen, beeindruckte mich dann aber doch weniger als die Aussicht, leibhaftigen Deutschen zu begegnen – zum ersten Mal in meinem Leben.

Ich versuchte mir klarzumachen, wie groß die Verzweiflung der Deutschen sein mußte, die wie wir verwundet waren und obendrein noch besiegt. Der Gedanke allerdings war von keinerlei Mitleid begleitet, ich fühlte vielmehr Zorn in mir aufsteigen, als die deutsche Delegation den Spiegelsaal des Schlosses betrat. Ihr Auftreten war steif und würdevoll, wahrscheinlich, um die Last der Niederlage zu kompensieren.

Der Spiegelsaal glich in Größe und Stil einer Kathedrale, es fehlte nur der erhöhte Altar. Der Adjutant, der uns begleitet hatte, stellte uns einem höheren Offizier vor, der wiederum beauftragt war, uns zu Präsident Clemenceau zu bringen. Je näher wir dem großen Tisch kamen, an dem die Vertragsunterzeichnung stattfinden sollte, desto größer wurde meine Befangenheit; ich kam mir vor wie jemand,

der in einem Orchestergraben Platz nimmt, obwohl er weiß, daß er keine Noten lesen kann.
Clemenceau erblickte uns, noch bevor wir ihn bemerkt hatten. Unsere Verwundungen sowie die Unbeholfenheit, mit der wir uns bewegten, lenkten die Aufmerksamkeit auf uns. Er kam uns entgegen und drückte uns die Hand. Trotz des Tumults im Saal konnte ich verstehen, was er sagte: »Ich möchte, daß die es mit eigenen Augen sehen.« Dann wandte er sich direkt an uns: »Sie waren zur falschen Zeit am falschen Ort, das ist nur zu offensichtlich.« Eine Träne rann aus seinem Augenwinkel.
Man reihte uns wie Chorsänger beim Sonntagsgottesdienst an der Seite des Saales auf, direkt gegenüber der deutschen Delegation, die uns auf diese Weise nicht übersehen konnte. Die Unterzeichnungszeremonie zog sich lange hin, und ich mußte Weil zweimal mit dem Ellbogen anstoßen, damit er nicht einschlief. Es war ein großer Tag, und ich fuhr in der festen Überzeugung heim, daß dieser Krieg der letzte gewesen sei.
Das schrieben übrigens auch die Zeitungen: Was Frankreich den Deutschen in diesem Vertrag vom Juni 1919 aufgezwungen hat, wird uns vor weiteren Kriegen bewahren.

Trotz der eindringlichen Bitte meines Onkels Chaumontel, mich doch länger in seinem Haus zu erholen, entschloß ich mich, im Laufe des Monats Oktober in meine Wohnung zurückzukehren. Die Wochenenden verbrachte ich jedoch weiter in Nogent, froh, wieder von meinen Cousinen umsorgt zu werden. Meine Mutter und meine Schwester waren ins Périgord zurückgereist, wo meinem Großvater allmählich die Zeit lang wurde.
Monsieur Nallet, Grichards Geschäftspartner, hatte von meinem Wunsch erfahren, meine frühere Stelle wieder an-

zutreten und bat mich im November zu sich. Als ich ihn aufsuchte, entschuldigte er sich dafür, daß er bei meinem Gespräch mit Grichard nicht anwesend gewesen war. Er sei damals an die Somme gefahren und habe vergeblich versucht, die sterblichen Überreste seines Sohnes zu finden, der dort im Winter 1916 gefallen war. Der Krieg hatte ihm nicht nur sein Kind genommen, sondern verweigerte ihm auch noch eine Grabstätte, an der er hätte für ihn beten können.

Nallet versicherte mir, ich könne Anfang Dezember anfangen.

Also kehrte ich in meine Wohnung zu den Gespenstern der Vergangenheit zurück.

Weils sehnlichster Wunsch erfüllte sich, als er eine Stelle bei einem Flugzeugbauer in der Nähe von Bourget fand. Er hatte nur ein Ziel: wieder zu fliegen. Die Wochenenden verbrachte er bei seinen Eltern, die nicht weit vom Montmartre entfernt wohnten.

Jeden Samstagabend trafen wir uns in einem Bistro seines Viertels, tranken Bier und rauchten englische Zigaretten.

Penanster lebte wieder auf seinem Gut in der Bretagne. Sein Besitz brachte ihm zwar keine Reichtümer ein, sicherte ihm jedoch einen ausreichenden Lebensunterhalt.

Entgegen meiner Vermutung, daß er sich von dieser Welt zurückziehen und dem Franziskanerorden beitreten wolle, setzte er sich beharrlich dafür ein, einen Verein zur Unterstützung all jener Kameraden zu gründen, deren Aussehen im Krieg zerstört worden war. Weil meinte, Penansters Großmut würde schließlich über die Versuchung, sich in ein Kloster zurückzuziehen, siegen. Penanster schrieb uns häufig. Er schien den Akt des Schreibens zu feiern, dem er eine wesentliche Rolle im Ausdruck unserer

Freundschaft beimaß. Weder Weil noch ich konnten ihm in diesem Punkt das Wasser reichen, er nahm es uns jedoch nicht übel, daß wir ihm nicht immer prompt antworteten.

Zu dieser Zeit bekamen wir Kriegsversehrten große Unterstützung von seiten des Kriegsministeriums, das uns unter anderem regelmäßig Theater-, Operetten- und Konzertkarten zukommen ließ. In allen Pariser Theatern und Konzertsälen waren Plätze für uns reserviert. Mit unserem Anblick schienen wir jedes Mal ein zusätzliches Schauspiel zu bieten: Unsere bandagierten Gesichter erregten Aufsehen und zogen die Blicke des Publikums auf sich. Viele konnten sich erst jetzt ein Bild von der Erbarmungslosigkeit dieses Krieges machen. Manchmal hörte man in der Stille des Saales auch das pfeifende Atmen eines Kameraden, dem die Gasangriffe Bronchien und Lungen verätzt hatten.

Da ich mich in erster Linie für klassische Musik interessierte, tauschte ich zuweilen eine Karte für die komische Oper gegen eine für ein philharmonisches Konzert.

Am 14. Dezember 1919 wurde im Théâtre des Champs-Élysées Faurés *Requiem* aufgeführt. Weil konnte mich nicht begleiten, und so saßen auf den reservierten Plätzen nur zwei Personen. Ich kannte den Mann, der neben mir saß. Soviel ich wußte, hatte er bei einer Explosion das Gehör auf beiden Ohren verloren. Im Sommer 1917 hatten wir das Zimmer im Hospital Val-de-Grâce miteinander geteilt. Ich murmelte ihm eine Begrüßung zu, ohne eine Antwort zu erwarten, denn ich wußte, daß er auch seine Stimme eingebüßt hatte. Er lächelte mir zu, um zu zeigen, wie sehr er sich über das Wiedersehen freute. Ich bat ihn um seine Adresse und berichtete ihm von Penansters Verein zur Unterstützung der Gesichtsverletzten. Er schrieb mir seine Adresse auf ein Stück Papier und fügte unten auf dem Blatt hinzu: »Denen haben wir's aber gezeigt, was?« Ich drückte seinen Arm.

Kurz darauf ertönte die Musik.

Ich liebte dieses *Requiem* damals, es brachte mich jedesmal zum Weinen. Meine Tränen waren jedoch weder Tränen der Rührung, noch Tränen der Einsamkeit und Verzweiflung. Vielmehr weinte ich, weil es mich erschütterte, wenn diese wunderbare Musik sich mit der Erinnerung an die Schrecken des Krieges mischte.

Und da war sie.

Ihr vollkommenes Profil schien förmlich zu schweben. Ich hatte das Gefühl, den Verstand zu verlieren, und mußte an die traurige Geschichte von Penansters Mutter denken. Bisher hatte ich geglaubt, dem Schicksal fast heiter Paroli bieten zu können. Doch die Begegnung mit dieser Frau, die mit den Jahren noch schöner geworden war, warf mich fast um.

Wäre ich gläubig gewesen, so hätte ich mir jetzt gewünscht, Gott möge mich zu sich nehmen. Mein Kopf glitt auf die Schulter meines Kameraden neben mir, der meinen Zustand bemerkt hatte. Er wollte mir helfen, aber ich ergriff seine Hand und versicherte ihm, daß alles in Ordnung sei. Dann bahnte ich mir einen Weg nach draußen. Beim Aufstehen fühlte ich ihren Blick auf mir ruhen, der sich jedoch mit derselben Nonchalance, die ich fünf Jahre zuvor so bewundert hatte, gleich wieder dem Orchester zuwandte. Mein Gesicht weckte sicherlich keinerlei Erinnerung in ihr, höchstens die traurige Erkenntnis, daß dieser Krieg auch wandelnde Ruinen hinterlassen habe.

Minutenlang blieb ich draußen im prasselnden Regen stehen und rauchte eine Zigarette nach der anderen. Als das

Päckchen leer war, ging ich zurück in die Eingangshalle. Das Konzert würde bald zu Ende sein. Ich hielt nach einem Taxi Ausschau und gab dem Fahrer die Anweisung, auf mich zu warten. Prüfend blickte ich alle Frauen an, die das Theater verließen, bis ich merkte, wie sehr mein zerfetztes Gesicht und mein forschender Blick sie erschreckten.

Endlich kam sie, am Arm eines Mannes in meinem Alter. Sein gewandtes Auftreten und seine sicherlich gute Kinderstube hinderten ihn nicht daran, sie in ungehöriger Weise zu bedrängen, was Clémence sichtlich unangenehm war. Allerdings schien sie noch Hemmungen zu haben, ihn entschieden zurechtzuweisen. Sie war also frei; der Mann neben ihr war nur ein Verehrer, der offenbar allerdings viel Energie darauf verwendete, sie dahin zu bringen, wohin sie nicht wollte.

Sein geschniegeltes Äußeres und sein arrogantes Gehabe schienen ihr unerträglich zu sein, zumal sein Drängen immer stärker wurde.

Gerade als ich Haß in mir aufsteigen fühlte, wies ihn Clémence mit einer jener Handbewegungen ab, mit denen Frauen zu zeigen verstehen, daß Schluß ist. Der Schönling begleitete sie noch zu einem Taxi, das in der Nähe des Wagens parkte, den ich für mich reserviert hatte.

Ich stieg flink ein und wies den Fahrer an, sich auf keinen Fall überholen zu lassen. Es gehe um Leben und Tod. Als er begriff, daß eine Frau im Spiel war, sagte er, daß er mir nichts versprechen könne, denn er wolle seinen Wagen nicht in einen Unfall verwickeln. Ich stellte ihm ein großzügiges Trinkgeld in Aussicht, wenn es ihm gelänge, den Wagen vor uns nicht zu verlieren oder, so wahr ich Offizier war, eine Kugel in den Kopf, wenn er sich abhängen ließe. Der Mann schien zu jung, um Soldat gewesen zu sein; er nahm meine Drohung ziemlich ernst und lehnte sich mächtig ins Zeug, als wolle er sein Gefährt anschieben.

Die Verfolgungsjagd in dichtestem Schneeregen dauerte etwa zehn Minuten. Es war einen Tag vor Weihnachten. Clémence' Taxi kam am Place de Breteuil zum Stehen. Sie stieg aus und verschwand in einem ansehnlichen Gebäude. Ich wartete, weil ich sehen wollte, hinter welchen Fenstern das Licht angehen würde, doch nichts geschah. Ihre Wohnung mußte also nach hinten liegen. Immerhin, nun kannte ich ihre Adresse, das war beruhigend.

Gegenüber vom Eingang des Hauses, in dem sie wohnte, stand eine kleine Holzbank mit schmiedeeisernem Gestell. Jeden Samstag- und Sonntagmorgen fand ich mich dort ein. Am ersten Samstag, es war zwischen Weihnachten und Neujahr, fielen dicke nasse Schneeflocken. Trotz des unfreundlichen Wetters bezog ich Stellung auf meinem Beobachtungsposten. Ich schlug meinen langen Wollmantel um mich und verhüllte mein Gesicht mit einem Schal.

Die Stunden vergingen, ohne daß sie auftauchte. Inzwischen hatten mich die Bewohner des Hauses bemerkt, die an dem reglos auf der verschneiten Bank sitzenden Mann vorübergingen – wahrscheinlich meinten sie, er wäre schon erfroren. Um diesem Schauspiel ein Ende zu bereiten, brach ich auf. Ich war enttäuscht und schlecht gelaunt. Und ich machte mir Sorgen. Wenn sie nur vorübergehend dagewesen war und nun monatelang nicht mehr auftauchen würde? Vielleicht lag sie auch schon wochenlang krank im Bett? Womöglich aber war sie einfach nur weggefahren.

Wie jeden Samstag traf ich Weil auch an diesem abends in

unserem Stammbistro. Er wirkte lebhafter als sonst. Ich hingegen machte einen völlig niedergeschlagenen Eindruck. Er befürchtete, daß ich an Depressionen litte, die so manch einen Kriegsversehrten in den Selbstmord trieben. Was das anging, konnte ich ihn jedoch beruhigen.

»Und was ist es denn dann? In viereinhalb Jahren habe ich dich nicht so deprimiert gesehen!«

»Eine Frau.«

»Eine Frau! Sag, bist du verrückt? Adrien, du bist mein Freund, ich kann mir vorstellen, wie dir zumute ist, aber ganz ehrlich: Den Luxus können wir uns nicht leisten, verstehst du? Schlag sie dir sofort aus dem Kopf. Du leidest nur. Dir wird doch wohl klar sein, was Leute wie wir von der Liebe zu erwarten haben. Genauso gut könnte man dir die Eingeweide rausreißen. Hast Du eine Ahnung davon, wie man sich dabei fühlt? Penanster wäre bestimmt ganz meiner Meinung. Deine Lage ist aussichtslos.«

»Weil, das ist eine lange Geschichte. Sie ist komplizierter als du glaubst.«

»Weißt du was? Wir lassen uns eine gute Flasche Cahors kommen. Und dann ... wollen wir mal sehen, was es heute zu essen gibt. Hier, Kutteln. Kutteln, darauf hätte ich jetzt Appetit. Und du? Erzähl mir die Geschichte, ich verspreche auch, dich mit meinen Einwänden zu verschonen.«

Als ich zu Ende erzählt hatte – die Affäre mit Clémence kam mir plötzlich wie ein Traum vor –, erkundigte sich Weil:

»Und jetzt? Wie geht es weiter?«

»Ich will sie nur sehen, ohne daß sie mich bemerkt.«

»Weißt du, wie man so etwas nennt?«

»Sehen, ohne gesehen zu werden?«

»Hmh. Das ist Voyeurismus. Oder anders ausgedrückt: eine Form von Wahnsinn.«

»Dann werde ich eben mit ihr sprechen.«
»Und was willst du ihr sagen?«
»Daß ich sie liebe.«
»Und du glaubst, sie wird sich dir in die Arme werfen? Sie hat dich doch schon vor deiner Verwundung verlassen. Vergiß sie, ich flehe dich an, vergiß diese Frau; sie hat dich nicht verdient .«
»Ich dachte, du wolltest aufhören, mich zu schulmeistern.«
»Ich will bloß nicht, daß du leidest. Noch ist es zu früh für die Liebe. Es gibt soviel anderes, um das wir uns kümmern können. Ich wollte dir eigentlich einen Vorschlag machen. Willst du mein Partner beim Bau eines neuen Flugzeugs werden? Eine Maschine für den Post-Transport. Oder den Warentransport. Ein dicker Doppeldecker. Das Modell habe ich schon gebaut. Komm morgen bei mir vorbei, wenn du willst, dann zeig ich es dir.«
»Morgen kann ich nicht.«
»Bist du zum Mittagessen eingeladen?«
»Nein, ich habe eine Verabredung.«
»Mit dieser Frau?«
»Wir sind verabredet, aber sie weiß nichts davon.«
»Adrien, allmählich verlierst du den Verstand.«
»Wenn ich nicht mit ihr sprechen kann, sterbe ich.«

Am Sonntagmorgen war wieder Schnee gefallen, diesmal in dicken, festen Flocken. Er lag wie weiße Watte auf meiner Bank. Bereits um sieben Uhr morgens nahm ich meinen Beobachtungsposten ein, weil ich sichergehen wollte, sie nicht zu verpassen. Zwei Stunden vergingen. Mein Mund war durch die vielen Zigaretten, die ich mir eine nach der anderen ansteckte, schon ganz trocken. Ich beschloß, in den Hausflur zu gehen. Mit erhobenem Haupt

trat ich durch die Eingangstür und ignorierte die Concierge, die ihr Gesicht an der Scheibe plattdrückte.
Wie von der Tarantel gestochen schnellte sie aus ihrer Loge heraus.
»Suchen Sie etwas?«
»Ich bin mit einer Dame verabredet«, antwortete ich mit größter Gelassenheit.
»Mit welcher Dame?«
»Einer großen, blonden.«
»Und Sie wissen nicht, wie sie heißt?«
»Ihr Name ist unwichtig, ich weiß ja, wie sie aussieht.«
»Und für wann sind Sie mit ihr verabredet?«
»Wir waren vor fünf Jahren miteinander verabredet.«
»Wollen Sie mich zum Narren halten?«
»Sehe ich so aus?«
Ein Blick auf mein Gesicht überzeugte sie vom Gegenteil.
»Also gut«, lenkte sie ein, »dann warten Sie eben.«
Nachdem ich eine gute Dreiviertelstunde auf den untersten Treppenstufen ausgeharrt hatte, hörte ich, wie ein kleines Mädchen heruntergerannt kam und ein paar Meter von mir entfernt stehenblieb. Es mochte vier oder fünf Jahre alt sein. Urzeiten schon hatte ich nicht mehr mit einem Kind gesprochen; die Kinder, für die wir gekämpft hatten, waren mir nahezu unbekannt. Die Kleine spürte meine Verlegenheit und kam mit langsamen Schritten näher. Sie beeindruckte mich, wie sie da in ihren Sonntagskleidern auf mich zu trat und mich neugierig mit großen Augen ansah. Als sie nur noch eine Treppenstufe von mir trennte, blieb sie stehen, neigte den Kopf leicht zur Seite und sprach mich an:
»Hat man dir weh getan?«
»Ja, ein bißchen.«
»Waren das die Deutschen?«

»Ja.«
»Aber die sind jetzt weg.«
»Ja, sind sie.«
»Für immer?«
Noch bevor ich ihr antworten konnte, hatte eine junge Frau das Mädchen eingeholt und bei der Hand genommen. Sie grüßte mich und zog die Kleine hinter sich her, die ihren Blick nicht von meinem Gesicht abwenden konnte, gerade so, als offenbare es ihr das, was Erwachsene gewöhnlich vor Kindern verbergen.
Im selben Augenblick hörte ich, wie eine andere Frau gemessenen Schrittes die Treppe hinunterging. Noch bevor ich sie sah, hörte ich den Klang ihrer Stimme. Sie rief nach der jungen Frau, die anscheinend die Gouvernante des Kindes war. Die Stimme kam mir bekannt, ja fast schon vertraut vor. Die Gouvernante war bereits draußen und stapfte mit dem Kind durch den Schnee. Ich stand auf, drehte das Gesicht zur Treppe und faltete aus unerfindlichen Gründen die Hände, als die Frau die letzten Stufen erreichte.
Gerade wollte sie an mir vorübergehen, da murmelte ich:
»Sie haben Verspätung.«
Sie schien nicht verwirrt, nicht einmal überrascht zu sein.
»Wer sind Sie?«
»Als ich Sie das erste Mal angesprochen habe, Madame, waren Sie zu schwach, um mich abzuweisen. Die Situation damals war eine andere, aber vielleicht gestatten Sie mir doch, Sie noch einmal anzusprechen?«
Den Blick auf den Marmorboden gerichtet, dachte sie einen Moment nach.
»Haben wir uns vor dem Krieg kennengelernt?«
»Soweit ich mich erinnere, haben wir die letzte Nacht vor dem Krieg miteinander verbracht.«

Ihr Gesicht hellte sich für ein paar Sekunden auf, nur um sich sogleich wieder zu verdüstern, als ihr bewußt wurde, was mir widerfahren war.

»Sie sind Adrien?«

»Ja, der bin ich, auch wenn mein Aussehen etwas gelitten hat.«

Sie schwieg ein paar Sekunden.

»Wenn ich gewußt hätte, ich wäre ...«

»Was Sie meinen, hat mir nicht gefehlt. Ich wurde bestens versorgt. Doch damals, nach jener Nacht, hatte ich begonnen, mir Hoffnungen ... Ein Freund hat mir Ihren Brief ins Krankenhaus gebracht; die Botschaft war deutlich, und eine Adresse hatten Sie mir ja nicht hinterlassen. Ich habe in diesen fünf Jahren oft an Sie gedacht.«

»Wie haben Sie mich gefunden?«

»Ich habe Sie in Faurés *Requiem* gesehen. Ich erkannte Ihr Profil. Auch Sie haben mich einmal angesehen, aber ohne mich wirklich wahrzunehmen. Entstellte Menschen registriert man für gewöhnlich, ohne sie richtig wahrzunehmen. Nach dem Konzert bin ich Ihnen gefolgt wie ein Jäger, wie ein Besessener. Ich wollte Ihnen zeigen, daß ich noch derselbe bin, auch wenn es nicht den Anschein macht.«

»Es tut mir so leid. Wenn ich doch bloß gewußt hätte ...«

»Oh, Sie brauchen keine Schuldgefühle zu haben.«

Im Gegenlicht der Treppe sah sie hinreißend schön aus. Ihre helle Haut schimmerte, und in ihrem Blick spiegelten sich die Erinnerungen der letzten Jahre.

»Und Ihr Pianist, dem wir unsere erste Begegnung zu verdanken hatten?«

»Der ist tot.«

»Das tut mir leid.«

»Er starb an Lungenentzündung, an der Front, in den ersten Wintertagen 1914.«

Erst in diesem Moment kam mir der Gedanke: Diese Kleine, die da draußen im Schnee von einem Bein aufs andere hüpfte ... Ich wußte, falls ich das Thema anschneiden würde, wäre Clémence tief verletzt.
Sie stellte mir keine Frage zu meiner Verwundung, und das war auch besser so.
Schweigend liefen wir ein paar Schritte durch den Schnee.
Ich erkundigte mich, wie alt ihre Tochter sei.
Es war nicht die Frage, die ich hatte stellen wollen, doch sie gab mir die Antwort, die mich interessierte.
»Sie ist im August 1915 geboren. In ihren Adern fließt kein Blut von Ihnen.«
Dieser Traum hatte also nur wenige Augenblicke gewährt.
»Dennoch würde ich viel dafür geben, wenn sie die Verbindung zwischen uns sein könnte«, erwiderte ich mit tonloser Stimme.
»Sie ist es nicht.«
Da drehte sich die Kleine um und lief zu ihrer Mutter.
»Kennst du diesen Mann, Mama?«
»Ja, und jetzt lauf schnell wieder zu Mademoiselle Lormot.«
Das Mädchen lächelte mir zu und rannte davon.
Clémence wirkte bedrückt. Als ich sie darauf ansprach, sagte sie:
»Bitte, verzeihen Sie mir.«
»Was soll ich Ihnen verzeihen? Schließlich haben nicht Sie die Granate geworfen. Im übrigen hatten Sie mich schon vor meiner Verwundung verlassen. Es gibt also nichts zu bedauern. Die Medizin macht außerdem enorme Fortschritte. Einer meiner Kameraden zum Beispiel war während der letzten Kriegswochen im Gesicht verwundet worden. Man hat ihm den Kopf aufgebohrt und ihm eine Rippe in die Stirn verpflanzt. Seine Verwundung ist kaum

noch zu sehen. Vielleicht habe ich ja eines Tages auch wieder das Gesicht, das Sie einst so anziehend fanden ...«

»Lassen Sie uns Freunde bleiben.«

»Das ist wie ein Knochen, den man einem Hund hinwirft.«

Die Bemerkung schien sie tief zu treffen.

»Pardon, ich habe Ihnen nicht weh tun wollen. Was ich meinte, ist, daß mir im Leben nur Krümel bleiben, Bruchstücke vom Glück. Das reicht nicht aus, um wirklich Freude am Leben zu haben. Manchmal gelingt es mir, der inneren Leere mit Galgenhumor beizukommen. Ehrlich gesagt, weiß ich noch gar nicht, ob ich mit Ihnen befreundet sein will. Wir sind ja nie Freunde gewesen. Eine Frau und zwei Kameraden, die dasselbe durchgemacht haben wie ich – das sind meine Freunde. Wir bilden eine Art Club, und ich weiß, daß uns keine Zwistigkeit je trennen kann.«

Da das Trottoir glatt war, stützte sie sich auf meinen Arm.

»Ich muß Ihnen etwas gestehen«, begann sie. »Nach dem Tod des Vaters meiner Tochter habe ich wieder Kontakt zu Ihnen aufnehmen wollen. Im März 1915 habe ich einen Freund mit einem Brief zu Ihnen geschickt. Ich hatte ihm von Ihnen erzählt und gesagt, daß ich Sie wiedersehen will. Ich war mir der Adresse aber nicht sicher. Auch Ihren Nachnamen wußte ich nicht mehr. Doch ich wußte noch, auf welcher Etage Ihre Wohnung war. Er hat den Brief hingebracht, aber hat er ihn unter die richtige Tür geschoben? Wahrscheinlich nicht, denn Sie hätten es mich sicher wissen lassen, wenn Sie ihn bekommen hätten.«

»Ich bin erst im Juni dieses Jahres wieder in meine Wohnung zurückgekehrt. Jeden Zentimeter habe ich durchsucht, in der Hoffnung, eine Nachricht von Ihnen vorzufinden. Vergeblich.«

Verlegen lächelte sie mich an.

»Und was stand in jenem Brief?«

»Ich bat Sie lediglich um Verzeihung für die Zeilen, die ich Ihnen beim Weggehen hinterlassen hatte. Und ich teilte Ihnen die Adresse mit, unter der Sie mich jetzt gefunden haben.«

»Haben Sie darunter gelitten, allein zu sein?«

»Ich hatte einfach Lust, Sie zu sehen, die Anziehung zu spüren, die von Ihnen ausgegangen war.«

»Tut mir leid, heute kann ich Ihnen nur noch Abscheu einflößen.«

»Hat man Ihnen denn nicht schon genug weh getan? Müssen Sie sich auch noch selber peinigen?«

»Wer seine Verwundung überlebt hat, weiß, daß er zum ... Prosaischen ... verurteilt ist. Der Mensch ist aus Fleisch und Blut. Wenn das Fleisch so gequält wird, daß sich unser ganzes Wesen wandelt, dann bleibt uns nichts anderes übrig, als auf manches zu verzichten, und Gefühle, die uns immer wieder darauf stoßen, von uns fernzuhalten. Gut, ich nehme Ihr Angebot an, werden wir Freunde. Aus Vernunftgründen.«

»Wir sehen uns also wieder?«

»Bestimmt ...«

Ich bin kein Historiker und hatte auch nie die Absicht, einer zu werden. Nur weil man in einer bestimmten Epoche gelebt hat, kann man noch keinen Anspruch darauf erheben, sie auch angemessen zu analysieren. Allerdings vermag ich sehr wohl, einen historischen Einschnitt zu datieren: die Phase, in der sich Frankreich der Angst ergab und nach Sündenböcken Ausschau hielt. Mir scheint, daß diese Haltung, die in so eklatantem Widerspruch zum Charakter der »14er-Generation« stand, Anfang der zwanziger Jahre die Oberhand gewann.

Selbst die Kinder hatten sich verändert. Ich kann mich noch erinnern, wie eines Tages etwa ein Dutzend Kinder auf einem Platz saßen und sich über mich lustig machten, während sie so taten, als wollten sie mich mit Steinen bewerfen. In den unmittelbaren Nachkriegsjahren hatte unser Anblick häufig Mitleid, Mitgefühl oder Befangenheit hervorgerufen – aber nie Furcht, die sich aggressiv gegen uns wendete.

1924 habe ich geheiratet.

Meine Frau war gerade neunzehn geworden, ich war fast vierunddreißig. Sie war eine Schulfreundin meiner jüngsten Cousine und hieß mit Familiennamen Skowronek. Das war ein polnischer Name, und ich hatte sie zu Beginn unserer Bekanntschaft ständig damit aufgezogen, daß man, wenn man ihn ausspreche, das Gefühl habe, niesen zu müssen. Die junge Frau hatte meine Cousine mit Fragen über mich gelöchert. In ihren Augen war ich ein Held, und sie zeigte mir offen, wie sehr sie sich für mich interessierte. Vor allem brachte sie genügend Geduld auf, mir zu-

zuhören, denn ich konnte nur langsam sprechen. Stundenlang erzählte ich ihr von der Zeit im Val-de-Grâce. Über sich selbst redete sie nicht viel, doch von meiner Cousine erfuhr ich, daß sie die Tochter eines jüdischen Schneiders aus Polen war, der sich zu Beginn des Jahrhunderts mit seiner bildhübschen jungen Frau in Frankreich niedergelassen hatte.

Der Schneider war bei den großen Überschwemmungen von 1906 ums Leben gekommen, und die Mutter hatte nichts Eiligeres zu tun gehabt, als die Tochter in ein Pensionat zu stecken.

Ich spürte, wie stark diese zarte junge Frau war, wieviel Energie sie besaß. Und darüber hinaus hatte sie viel Mut, denn als ich sie fragte, ob sie mich heiraten wolle, willigte sie sofort ein.

Unsere Hochzeit geriet zu einem wahren Freudenfest. Meine besten Freunde waren gekommen: Marguerite, Penanster, Weil und noch ein paar andere, die die Jahre im Krankenhaus mit mir verbracht hatten.

Bei solchen Gelegenheiten legte unsere kleine Gemeinschaft eine Lebensfreude an den Tag, die all jene überraschte, die noch ihren Mund zum Lachen hatten. Wir tranken, aßen und rauchten mehr, als uns zuträglich war. In uns war jenes starke Gefühl von Freiheit, das nur denen vorbehalten ist, die sich vom Gedanken an ihre Wirkung auf andere gelöst und aus der Vertrautheit mit Tod, Schmerz und Trauer großen Abstand zu allem gewonnen haben, was Menschen kleinlich und engstirnig macht. Es geschah selten, daß zwei Gesichtsverletzte zusammenkamen, ohne einander Witze zu erzählen, darunter auch solche von der nicht stubenreinen Sorte. Unsere Heiterkeit und unsere Gabe, das Hier und Jetzt zu genießen, imponierte denen, die unversehrt geblieben waren.

Meine Heirat – ich war der erste Ehemann in unserem Club der Entstellten – weckte unter meinen Kameraden große Hoffnungen. Nach all den Jahren konnte ich wieder in ein normales Leben eintauchen, in den gewöhnlichen Alltag, den nur die geringschätzen können, die von ihrem Glück nichts wissen.
Es war eine regelrechte Sensation, als es in den darauffolgenden Jahren auch meinen Freunden gelang, die Frau fürs Leben zu finden. Nur Marguerite sollte allein bleiben, bis zu ihrem letzten Atemzug. Für einen Mann schien es undenkbar, eine entstellte Frau zu heiraten. Ihr Alleinsein war also der Lohn dafür, daß sie sich in einem Krieg der Männer aufgeopfert hatte.
Am Tag nach meiner Hochzeit wurde einer von uns von einem erneuten Schicksalsschlag getroffen. Penanster hatte im Nachtzug, der ihn nach Brest zurückbringen sollte, frühmorgens die Waggontür mit der Toilettentür verwechselt, war im Schlafanzug aus dem Zug gefallen und neben den Gleisen gelandet. Er hatte mehrere Rippen gebrochen. Als sie von dem Unfall erfuhr, beantragte Marguerite, die im Ministerium für die Beschaffung von Prothesen für Kriegsveteranen zuständig war, ein paar Tage Urlaub, um sich um Penanster kümmern zu können. Weil und ich fuhren ebenfalls zu ihm hin. Die Vorstellung, daß einer von uns allein im Krankenhaus liegt, war uns unerträglich.

Das Jahr 1926 verlief glücklich. Penanster und Weil heirateten kurz nacheinander, der eine im Frühling, der andere am Anfang des Sommers. Und meine Frau brachte Ende Juni ein Mädchen zur Welt. Auf seine unnachahmlich würdevolle Art wandte uns Penanster seine unversehrte Gesichtshälfte zu und konstatierte: »Wir haben es geschafft:

Jetzt können wir den Weg in die Normalität beschreiten.«
Die dreißiger Jahre waren eine merkwürdige Zeit. Während Frankreich immer tiefer in die wirtschaftliche Krise und in Schwermut versank, versuchte unsere kleine Gemeinschaft der Entstellten einfach nur das Leben zu genießen. Wir veranstalteten Tanzabende, spielten Karten, und tranken mehr als wir aßen, denn vielen von uns bereitete das Kauen nach wie vor Probleme. Wir waren von dem Wunsch beseelt, die Gegenwart mit allen Fasern unseres Daseins aufzusaugen und im Kreise unserer Familien um große Tischen herum zu sitzen, gemeinsam zu essen und anschließend mit Freunden Karten zu spielen. Die Kinder verbrachten ganze Nachmittage damit, uns beim Spiel über die Schulter zu sehen und, soweit es ihnen durch den Zigarettenrauch hindurch überhaupt möglich war, etwas zu erkennen. Unsere Gruppe strahlte eine Heiterkeit aus, die geradezu legendär wurde. Es genügte, zwei oder drei von uns zu einer Kommunion oder Hochzeit einzuladen, um das Fest zum Gelingen zu bringen. Wir waren unerschrocken, hatten wir doch nichts mehr zu verlieren. Unser Galgenhumor imponierte allen; manch einer hielt uns sogar für weise.
Als 1926 meine Tochter geboren wurde, war ich hellauf begeistert: Sie stellte die unverhoffte Fortsetzung meiner selbst dar. Neun Monate lang war ich in ständiger Sorge gewesen, daß mein Kind, als Folge meiner Verwundungen, mit entstelltem Gesicht zur Welt kommen könnte. Zum Glück jedoch scherte sich die Natur nicht um Hirngespinste dieser Art.

Die kosmetische Chirurgie machte damals beträchtliche Fortschritte. Mehrmals wurde ich gefragt, ob ich mich nicht neuen Haut- und Knochenverpflanzungen unterziehen wolle. Man stellte mir ein ansprechenderes Äußeres in Aussicht. Doch nicht die Angst vor den Schmerzen – auch nicht die vor dem widerlichen Äthergeruch – ließ mich diese Angebote ablehnen. Vielmehr war das Gesicht, das ich hatte, inzwischen mein Gesicht geworden, es war Teil meines Schicksals.

Penanster lebte im wesentlichen von den Einkünften, die ihm seine bretonischen Ländereien einbrachten. Für zusätzliche Bedürfnisse hatte er seine Invalidenrente und Geld aus einer Erbschaft.

Obwohl es mir damals nicht möglich war, seine Bilder zu sehen, wußte ich doch, daß Penanster viel Zeit mit Malen verbrachte. Wenn man ihn fragte, welcher künstlerischen Strömung er sich zuordne, sagte er lachend »dem morbiden Expressionismus«. Erst als ich ein Bild des deutschen Malers Otto Dix entdeckte, begriff ich, was er damit meinte: Dix hatte ebenfalls als Soldat am Weltkrieg teilgenommen und die entsetzlichen Gesichtsverstümmelungen dieses Krieges auf die Leinwand gebannt.

Weil baute mit Unterstützung seiner Frau ein Unternehmen für den Bau von Flugzeugmotoren auf.

Marguerite arbeitete im Anschluß an ihren Arbeitstag im Ministerium noch in einer Nervenheilanstalt. Dort waren vorwiegend Männer untergebracht, die in den Schützengräben vor Angst den Verstand verloren hatten. Da niemand sich für ihr eigenes Schicksal interessierte, widmete sie ihr Leben den anderen. Allerdings gehörte sie nicht zu jenen fanatischen Altruisten, die mich so oft unangenehm berührt hatten.

Clémence heiratete schließlich einen Rechtsanwalt, der in die Politik gegangen und – zu meiner großen Genugtuung – gut zwanzig Jahre älter war als sie.

Nach unserem ersten Wiedersehen hatte ich nicht wieder

von mir hören lassen. Ich fürchtete, eine weitere Begegnung könne die Ruhe meines Familienlebens stören.
Erst im Jahre 1928 traf ich sie zufällig wieder, während einer Demonstration von Kriesgsveteranen, auf der ihr Mann eine freundliche, gutgemeinte Rede hielt.
Sie stand in meiner Nähe, der Sprühregen benetzte ihr Haar, ohne es naß zu machen. Es sollte unsere letzte Begegnung sein.
Da sie sich andeutungsweise darüber beklagte, daß ich mich fast neun Jahre nicht bei ihr gemeldet hatte, erklärte ich ihr – auch wenn es nicht ganz der Wahrheit entsprach –, ich hätte kurz nach unserem Wiedersehen meine jetzige Frau kennengelernt, und deshalb sei es schwierig gewesen, sich mit ihr zu treffen. Ihre Antwort traf mich mit ähnlicher Macht wie einst die Granate:
»Wenn Sie damals, so wie wir vereinbart hatten, zu mir zurückgekehrt wären, glaube ich nicht, daß der Redner da vorn an Ihre Stelle getreten wäre.«

Vielleicht hatten unser zurückgezogenes Leben und die gemütlichen Abende beim Kartenspiel uns blind gemacht für die ersten Anzeichen eines neuen Krieges. Wir weigerten uns, den Gerüchten Glauben zu schenken. Schließlich hatten wir das doch alles nur in der festen Überzeugung erduldet, daß unser Krieg der letzte gewesen sei. Meine Freunde und ich stellten uns also taub, wollten den Lärm der Stiefel nicht hören. Als Daladier von der Unterzeichnung des Münchner Abkommens zurückkam, waren wir uns absolut sicher, daß die Deutschen es nicht wagen würden anzugreifen. Selbst als sie Polen überfielen, hielten wir weiter daran fest, daß der Frieden noch zu retten sei.
In dieser Annahme reisten wir im Frühjahr 1940 mit unse-

ren Familien in die Bretagne. Im Mai fielen die Deutschen in Frankreich ein und drängten die britische Armee an die Küste zurück. Schließlich nahm Marschall Pétain die Dinge in die Hand. Wir hatten wieder Frieden. Ein guter Frieden für die, die daran glauben wollten, und zu denen gehörten auch wir. Für uns gab es keinerlei Grund, an der Aufrichtigkeit Pétains, des Siegers von Verdun, zu zweifeln. Doch der Marschall fing an, den Bogen zu überspannen, und da wandelte sich die Kapitulation in eine Kollaboration mit dem Feind.

Weil und ich kehrten im Herbst 1940 nach Paris zurück und ließen unsere Frauen und Kinder in Penansters Obhut in der Bretagne.

Im Zug, der uns zum Bahnhof Montparnasse brachte, sahen wir in den Gesichtern der Leute Angst und Mißtrauen. Ich erkannte sehr schnell, daß Frankreich in einer doppelt brisanten Lage war: Zum einen erlebte es eine militärische Niederlage noch nie dagewesenen Ausmaßes, zum anderen deutete einiges auf einen Bürgerkrieg hin zwischen denjenigen, die sich zu Marionetten der Besatzungsarmee gemacht hatten, und denjenigen, die sich noch an die Opfer erinnerten, die wir im Ersten Weltkrieg gebracht hatten.

Beim Verlassen des Bahnhofs wurde mir übel, ich mußte mich regelrecht an Weils Arm klammern, um nicht hinzufallen. Zum ersten Mal in meinem Leben war ich Deutschen am Tag der Unterzeichnung jenes Vertrags begegnet, der den Frieden für alle Zukunft sichern sollte. In der Bretagne hatte ich keinen Deutschen zu Gesicht bekommen, doch in Paris gab es sie überall.

Die Metro war überfüllt. Wir fanden keinen Sitzplatz mehr, und standen dicht aneinandergedrängt. Plötzlich erhoben sich zwei junge deutsche Offiziere von ihren Klapp-

sitzen und machten uns ihren Platz frei. Der eine salutierte uns sogar.
Diese Höflichkeit auf Seiten der Sieger ließ mir das Blut in den Adern gefrieren, und ich zwang Weil, mit mir an der nächsten Haltestelle auszusteigen.
Ich mußte wissen, wie es weitergehen würde. Deshalb fuhr ich zu meiner Firma, um mich zu erkundigen, ob ich meine Arbeit wieder aufnehmen könnte. Als man mir mitteilte, daß das Unternehmen mitsamt seinen Ingenieuren von den Deutschen beschlagnahmt zu werden drohte, beschloß ich, all meine Ersparnisse zusammenzunehmen und, hoffend auf bessere Zeiten, in die Bretagne zurückzukehren.
Penanster überließ uns einen Teil seiner Ernte, deren Umfang er geschickt vor den Besatzern verheimlichte. Wir verbrachten die gesamte Kriegszeit in Lanloup, zwischen Pimpol und Bréhec.
Weil kam im Dezember 1941, um seine Familie nach Paris zurückzubringen: Er war auf die Hilfe seiner Frau angewiesen, um seinen kleinen Betrieb in Gang zu halten, den die Deutschen ebenfalls beschlagnahmt hatten. Regelmäßig erreichten uns Briefe von ihm, die in Inhalt und Ton ganz und gar unserem Freund Weil entsprachen – ein weiterer Beweis für die Abgeklärtheit, die er schon kurz nach seiner Verwundung an den Tag gelegt hatte. Sein ironischer Ton verschaffte ihm eine gewisse Sicherheit. Wir jedoch wurden von Tag zu Tag unruhiger. Es hatte lange gedauert, bis er die »jüdische Frage« von sich aus ansprach. Er berichtete darüber wie ein Reporter, der sich auf die Wiedergabe von Fakten beschränkt, erwähnte die öffentliche Zurschaustellung von Juden, die Schmierereien auf jüdischen Ladenfronten, Schikanen, den gelben Stern ...
Sein letzter Brief erreichte uns im Mai 1942 und endete mit einer Passage, die typisch für ihn war:

»Meine lieben Freunde, ich freue mich, Euch berichten zu können, daß die ganzen Aufregungen weder meine Person noch meine Familie betreffen. Ich kann mir kaum vorstellen, daß man einen Mann – und dessen Familie – verfolgen würde, der sich für Frankreich das Gesicht so hat demolieren lassen, daß kein äußere Zeichen auf sein verbrecherisches Anderssein hindeutet.«

Ein Cousin von Marguerite arbeitete in der Pariser Polizeipräfektur. Anfang Juni 1942 ließ er ihr eine Nachricht zukommen, die besagte, daß eine größere Aktion im Gange sei. In einem Brief teilte uns Marguerite sofort ihre Besorgnis mit.

Ich sehe noch genau vor mir, wie Penanster eines regnerischen Morgens über die Schwelle unseres Häuschens trat, im Eßzimmer stehenblieb und mich, während ich dabei war, einen Ersatzkaffee aufzubrühen, ansprach:

»Adrien, du mußt mit mir nach Paris fahren. Wir müssen Weil unbedingt da rausholen, bevor es zu spät ist.«

Ich hatte mir, ehrlich gesagt, nie vorstellen können, daß der Antisemitismus lebensbedrohliche Ausmaße annehmen würde. Und ich muß gestehen, daß ich damals meinte, Penanster übertreibe mit seinen Berichten über die Lager. Ich glaubte, daß die ausschließlich für politische Gefangene und Verbrecher bestimmt seien. Doch da vertraute mir Penanster an, daß er für den britischen Geheimdienst arbeite und daß eine seiner Kontaktpersonen ihm die Existenz von Vernichtungslagern für Juden bestätigt habe.

Es war höchste Zeit zu handeln.

Wir planten die Aktion für die ersten Julitage. Es war nicht leicht, aus Paris rauszukommen. Weil, seine Frau und die beiden Kinder wurden im Wagen eines Beamten der bretonischen Polizei, der in Paris für den Geheimdienst arbeitete, bis nach Maintenon gebracht, und von da aus durchquerten sie Frankreich in westlicher Richtung, bis sie die Bretagne erreichten.

Penanster brachte die Familie unseres Freundes im Kellergeschoß eines alten, am Waldrand gelegenen Bauernhauses unter. Erst zwei Jahre später, nach der Befreiung, konnten sie ihr Versteck wieder verlassen

Während dieser zwei Jahre nahmen wir unsere alten Gewohnheiten wieder auf. Jeden Tag trafen Penanster und ich uns bei Weil zum Kartenspiel. »Fünf plus zwei macht sieben Jahre Gefängnis«, pflegte Weil gern zu sagen. »Für jemanden, der sich nichts vorzuwerfen hat, kein Pappenstiel, was ?«

Eines Morgens im Sommer 1944 kam Ernestine, Penansters betagte Haushälterin, die als einzige in unser Geheimnis eingeweiht war, hob die mit Heu bedeckte Falltür zu Weils Versteck an und verkündete mit monotoner Stimme, ohne die geringste Gefühlsregung:

»Der Krieg ist zu Ende, Damen und Herren, die Deutschen sind auf und davon.«

Weil warf seine letzte Karte auf den Tisch. Daraufhin wurde er von nichtendenwollendem Lachen geschüttelt, das ihm die Tränen über die Wangen trieb. Minutenlang war er unfähig, ein Wort zu sagen. Als er endlich wieder sprechen konnte, rief er:

»Das war nun wirklich der allerletzte Krieg für uns.«

Wir lachten mit ihm vor Freude darüber, daß die Jahre der Isolierung für ihn zu Ende waren. Ein siebenjähriges Drama in zwei Akten: Der erste spielt im Zimmer eines Militärkrankenhauses und der zweite im Keller eines alten, halbverfallenen Bauernhauses in der Bretagne.

Seit Kriegsende litt Penanster unter Schwindelanfällen, Absencen und Gedächtnisschwund – alles Folgen seiner Verwundung. Im Frühjahr 1946 reiste er mit ehemaligen Résistance-Kämpfern zu einer Wallfahrt ins Vercors. Eines Abends verließ er nach dem Essen das kleine Hotel, in dem die Gruppe untergebracht war, um einen Verdauungsspaziergang zu machen. Bis zum nächsten Morgen war er nicht zurückgekehrt. Man fand ihn abends an einem Abhang zwischen Brombeersträuchern, tot. In der Hand hielt er ein mit seinen Initialen besticktes Taschentuch. Das Blut, das man darauf fand, sowie die Wunden am Knie deuteten darauf hin, daß er in seiner Verwirrung mehrfach gestürzt war, bevor ihn Lichter in weiter Ferne – ähnlich denen, die man aus Geschichten über bretonische Strandräuber kennt – zum Eingang einer Schlucht gelockt hatten.

In der Kirche Saint-Louis-des-Invalides bereiteten wir ihm ein großartiges Begräbnis.

Weil und ich standen rechts neben dem Sarg. Marguerite saß zusammengesunken in der ersten Reihe. Die alten Kameraden trafen nacheinander ein. Nachdem sie sich hingesetzt hatten, bemerkten wir im Portalvorbau eine Gruppe junger Männer. Manche trugen einen Verband um den Kopf. Andere hatten ihre Verbrennungen nicht verdeckt. Es waren Flieger. Sie sahen unheimlich jung aus. Eingeschüchtert durch die Anwesenheit der Älteren traten sie zögernd nach vorn. In ihren Blicken lag Schwermut.

Ich stieß Weil sacht an und fragte:

»Und was machen wir jetzt?«

Es dauerte lange, bis er antwortete: »Wir werden ihnen beibringen, sich des Lebens zu freuen.«

GROSSES VIRTUELLES DICHTERTREFFEN

Mit Audio-CD,
auf der die Autoren
ihre Nachdichtungen
vortragen!!!

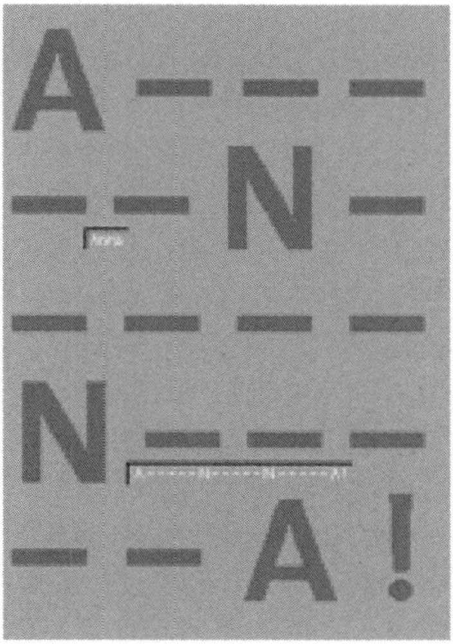

Kurt Schwitters
A-N-N-A
Herausgegeben
von Gerd Weiberg,
Klaus Stadtmüller
und Dietrich zur Nedden

ca. 180 Seiten, Hardcover,
Schutzumschlag
Mit eingelegter Audio-CD
ISBN 3-933156-51-3

Schwitters' bekanntestes Gedicht in einer aufregenden Präsentation. Dem Original folgen rd. 140 Nachdichtungen von Lyrikerinnen und Lyrikern aus aller Welt – nicht nur als Text-, sondern auch als Tondokumente; denn die Versionen des Dada-Gedichts wurden von den Autoren gelesen und aufgenommen. – Entstanden ist ein babylonisches Buch, so vielgestaltig wie die Sprachen dieser Welt: eine lyrische Weltreise, ein großes virtuelles Dichtertreffen.

zuKLAMPEN!

Postfach 1963 · D-21309 Lüneburg
Tel. 0 41 31 73 30 30 · Fax 73 30 33